オパール文庫

絶対嫌われたい結婚生活
もうこれ以上、
甘やかさないでください旦那さま!

七福さゆり

プランタン出版

※本作品の内容はすべてフィクションです。

プロローグ　私と離婚してください！

――私、日下部菫（くさかべすみれ）には、悩みがある。

「伊織（いおり）さん、私、先週買って貰った服、もう……あ……あっ……あきっ……飽きちゃいました。新しいのが欲しいです。か、買ってください！」

私は朝食を終えて出社しようとしている夫の伊織さんを捕まえ、ワガママを言ってみることにした。

ピカピカに磨かれた革靴を履いた伊織さんが、くるりと振り返って私と目を合わせてくれる。

朝の忙しい時間にくだらない話で呼び止められたにもかかわらず、伊織さんは柔らかな笑みを浮かべていた。

ああ、今日もすごく綺麗……！

俳優かと間違えるほどの美貌だ。

目鼻立ちがはっきりしていて、肌は近くで見ても恐ろしいほどにきめ細やか、身長が高くて手足も長いから、スーツがとてもよく似合う。

伊織さんの家は代々『株式会社日下部食品』という大手老舗食品メーカーを経営していて、現在は彼が跡を継いで社長の椅子に座っている。

「もちろんいいよ。次の休みに外商を呼ぼうか」

「えっ……せ、先週買ったばかりなんですよ？　それなのにいいんですか⁉　先週ですよ⁉」

「先週は先週、今週は今週だよ。今日の朝食事をとったからって、明日『昨日食べたからいらない』なんてことにはならないだろう？　それに菫ちゃんが新しい服を着ているところ、俺も見たいしね」

えええええー……っ！

予想外の反応だ。というか、どうしてご飯を例えに持ってくるの⁉

食事は毎日必要不可欠だけど、服は買わなくても死なない。ここは普通『先週も買った

ばかりだから駄目』って流れになるでしょ⁉

しかも、この前買って貰ったワンピースの値段が安かったから、今週もという流れじゃない。ハイブランドで購入して、値段はなんと約七十万！

「そうだ。服に合わせて、バッグと靴も買った方がいいんじゃないかな？」

「それも先週買ったじゃないですか！」

バッグは二百万を超えていたし、靴も三十万した。

服に合わせて～……なんて、気軽に言える金額じゃない。あまりの金額に、その日なかなか眠れなかったぐらいだ。

「だって服が変われば、バッグと靴も変えないとおかしいだろう？」

「それはそうですけど……」

「ああ、そうだ。先週アクセサリーは好みなのがないって言っていたからやめたけど、今回こそは好みのものが見つかるまで探そうよ」

服と靴とバッグを新調したのだから、アクセサリーも……と言って貰えたのだけど、バッグ以上の値段のアクセサリーが出てきたから、全力で好みじゃないふりをしたのだ。

まずい。この調子だと、買うことになっちゃう！

「えっと……や、やっぱり気が変わりました。もう欲しくありません」

「そうなの？」

「は、はい、ごめんなさい」

「いいんだよ。気にしないで」

買い物系のワガママはダメだ。じゃあ、どんなワガママなら、幻滅して貰える？　えーっと、え――っと……。

「じゃあ、そろそろ行こうかな」

「あっ！　そ、それから、今日はそういう気分じゃないので、夕ご飯を作りたくないんです！」

慌てて思いついたワガママを言ってみる。

「え、もしかして、体調が悪いとか？　大丈夫？」

「いえ、ただそういう気分じゃないだけです」

出社前の忙しい時間、くだらない理由での夕食作りの拒否！　これは当然苛立つに違いない。

さあ、私に幻滅してください！　伊織さん！

「そっか、体調が悪いわけじゃなくてよかった。じゃあ、今日はどこかに食べに行かない？」

「えっ」

ホッとしたように笑う伊織さんを見て、予想外の反応に怯んでしまう。

「外に出るのは嫌？　じゃあ、デリバリーで何か食べようか」

負けるな、私！

「えっと、あの……ぇぇーっと、プロの作る料理は嫌です！」

パニックになる頭をなんとか働かせ、さらなる攻撃を仕掛ける。

「じゃあ、俺が作るよ。料理は学生時代の調理実習でしか作ったことがないけど、あの時は確か完成させられた気がするよ。何を作ったんだったかな……あ、そうだ。カレーだ。菫ちゃん、カレーはどう？」

「そ、その、カレーは……」

「カレーの気分じゃない？」

「そ、そうですね。うん、気分じゃないです」

嘘です！　カレー大好き！　私、カレーが大好物なので、いつだってカレーの気分です！

理不尽なワガママを何度繰り返しても、伊織さんは嫌な顔一つしない。

「あ、もう出ないといけない時間だ。何かリクエストがあったら教えて。昼休みにレシピを検索してみるから」

心が広すぎる……！

「じゃあ、行ってきます」

「い、行ってらっしゃ……んっ」

伊織さんは私の唇にチュッとキスをし、頭を撫でて爽やかな笑顔で玄関を出て行った。

はぁぁぁぁぁ……もう、好きすぎる――……！

私の悩み――それは夫の伊織さんが、私を嫌いになってくれないことだった。

どうしたら私を嫌いになってくれるの？　嫌われないと、離婚して貰えないのに……！

私は一日でも早く、伊織さんと離婚したかった。

第一章　まさか当たるなんて……。

「いらっしゃいませ。ようこそ秋月旅館へ」

「あらぁ、こんなに小さいのにお仕事するなんて偉いわね。もしかしてここの娘さん？」

「はい！　そうです」

「いくつなの？」

「十歳です」

「あらあら、こんなに小さいのに……うちの孫もあなたみたいにしっかりしていたらいいんだけどねぇ」

　私は秋月菫、北海道にある老舗旅館『秋月旅館』の娘として生まれたので、小さい頃から旅館の仕事を手伝っている。

大変だけど、常連のお客様がすごく可愛がってくれるし、初対面のお客様も優しくしてくれて嬉しい。

時々嫌なお客様もいて、酔っぱらって怒鳴られたり、物を投げつけられて、身体には当たらなかったけど、怖くて泣いてしまったことは一度や二度で済まない。

でも、旅館の仕事を嫌いになることはなかった。嫌なこともあるけど、それ以上に嬉しいこともたくさんある。

お客様が喜んでくれる顔を見るのが好きだったし、直接『ありがとう』と声をかけて貰えたり、チェックアウト後の客室に『とても楽しい思い出が作れました。ありがとうございました』なんて手紙が残されていたり……もう、それってすごく嬉しい！　貰った手紙は私の宝物だ。全部大切にとってあって、たまに読み返したりしている。

大型連休は私たちにとっては稼ぎ時！　連休中は目が回るほど忙しくて、休憩する暇なんて少しもない。

ご飯も早食いで済ませるくらい。喉につかえそうになるのをお茶で流し込んで、また仕事に戻る。

こうして一日を終えるとクッタクタで、なんとかお風呂に入った後は、髪も乾かすのもそこそこに眠ってしまって、翌朝はものすごいことになっちゃう。

「菫ちゃん、大きくなったねー！　また今年も来たよ」

「いらっしゃいませ。じゃなくて、お帰りなさいですね」

すごく大変だけど、毎年来てくれる常連さんに会えるのは嬉しい。

その中でも密かに会えるのを楽しみにしているのが、東京の日下部さんご一家で、一人息子の伊織さんに会えるのを一番心待ちにしていた。

伊織さんの予約が入っている日は、お母さんからヘアアイロンを借りて使うし、誕生日に買って貰ったラインストーンでできたハート型のヘアアクセを着けてオシャレする。

日下部さんご一家は私がうんと小さい頃からの常連さんで、毎年冬の長いお休みに家族で来てくださっていた。

「こんにちは、菫ちゃん。大きくなったね」

「こ、こんにちは、伊織さん」

伊織さん、カッコいい……！　伊織さん、好き好きっ！　この日が来るのをずっと楽しみにしてたの。でも、この日が終わったらまた一年会えなくなっちゃう。寂しい。やだやだ！　今日が終わらないといいのに～……！

テレビに映る俳優やアイドルよりも格好よくて、目が合うたびに見せてくれる笑顔が素敵で、いつの間にか好きになっていた。

酔っぱらったお客様に絡まれているところを助けてくれたこともある。

何年か前に大浴場の休憩所に置いてあるベンチで、酔っぱらったお客様が大の字になっていびきをかいていたので、起こした時のこと……。

「お客様、お休みのところ申し訳ございません。部屋に戻ってお休みいただけますか?」

「うるせぇなぁ……ガキは親のところに帰れ!」

「わ、私は従業員です。ここでは他のお客様のご迷惑になりますので」

「なんだぁ? この旅館ではガキを働かせてんのか? 一流のもてなしを受けるために高い金出して泊まってんだぞ! ガキに接客されるなんて、冗談じゃねーよ! 金返せ!」

「きゃっ」

突き飛ばされて転びそうになったところを、ちょうど男湯から走って出てきた伊織さんが受け止めてくれて怪我をせずに済んだ。

「い、伊織さん……」

「大丈夫、脱衣所にも聞こえてたから、事情はわかってるよ」

私を心配して、急いで出てきてくれたんだ。

伊織さんの顔を見たらホッとして、涙が出てくる。

「怖かったね。もう、大丈夫だよ。ここは俺がなんとかするから、菫ちゃんは休んでおい

で」

「で、でも、伊織さんはお客様で……」

「いいから、任せて」

「おい、カッコつけてんじゃねーぞ！」

酔っぱらいのお客様の怒鳴り声に、ビクッと身体が跳ねる。

「大丈夫だよ。さあ、早くここを離れて」

そんなわけにはいかない。急いでお父さんを連れて戻ってきたら、もうお客様がいなくなっていた。

「伊織さん！　大丈夫ですか⁉」

「うん。心配して見に来てくれたんだね。ありがとう。ちょっと話したら、部屋に戻っていったよ」

あんなにごねてたのに、すごい……！

「日下部様、娘がご迷惑をかけてしまい、本当に申し訳ございません。菫、お前も謝りなさい」

「伊織さん、本当にごめんなさい……」

「いいえ、とんでもない。何も迷惑なんてかけられていませんよ。秋月さん、菫ちゃんを怒らないでくださいね。怖い思いをしても、周りのお客さんが不快な思いをしないように、一生懸命頑張っていました。同じ歳の子じゃ絶対にできないことですよ」

助けてくれた時の伊織さん、格好よかった。庇ってくれてすごく嬉しかった。

どうしよう。もっと好きになっちゃった……。

一年に一度しか会えないし、七つも年上だし、こんなに素敵な人なんだから、彼女がいるよね。

だから、私なんて相手にされるわけがないよね……。

そうわかっていても、私は伊織さん以外見ることができなかった。

成長しても他の人を好きにならなかったし、同級生に告白された時も、驚きはしたけど心が揺れることは一度もなかった。

日下部さん一家は伊織さんが大学を卒業するまで家族旅行を続け、それ以降はご家族揃って……というのはなくなった。

でも、日下部さんご夫婦と伊織さんが、それぞれ別々に来てくれるようになったので一年に一度は彼に会うことができる。

私はさらに成長しても伊織さん以外の人を好きになるなんて考えられなくて、誰とも付き合うことなく大学生になった。

伊織さんは年齢的に、いつ結婚してもおかしくない。

「お父さん、予約台帳を見せて貰える？」

「ああ、いいぞ。例年に比べて、あまりいい状況じゃないな」

私の知らないところで結婚していて、今度は奥さんと一緒に来るんじゃないかなって不安で、予約台帳に他の人の名前がないかどうかを確認しては、ホッとすることを繰り返していた。

――一方、その頃、うちの旅館には経営的に大きな危機が訪れていた。

老朽化した設備が壊れる寸前までできたので、数年前にいくつか工事したことで出費がかさんだ。

その上、大型連休に警報級の大雨が降って飛行機が欠航し、お客様の大半がキャンセル……おまけにその大雨による浸水で直したばかりの設備が再び壊れてしまった。

とどめは一年ほど前、リゾートホテルが近くにできて、お客様がそちらに流れてしまい、経営破綻寸前に陥っていた。

必要な資金は、なんと二億だ。とても用意できる額じゃない。

まさか、こんなことになるなんて……。

もうダメだと思っていたその時――日下部さんご夫婦が長期休暇じゃないのに、泊まりに来た。

どうしたんだろう。こんなこと初めてだ。

「今日来たのは、いつもお世話になっている秋月旅館さんのお力になれたら……と思ってなんです」

日下部さんご夫婦は、うちの経営状況をどこかから聞きつけ、なんと、無利子・無担保・無期限でお金を貸すと申し出てくれたのだ。

「ありがたいお話ですが、それではあまりにもうちにとって都合がよすぎます。そんなご迷惑をおかけするわけには……」

そう話すお父さんの手は、震えていた。

「遠慮なさらないでください。大好きな場所をなくしたくない私たちの思いを受け取って欲しいのと……私たちにもお願いがあるんです」

「お願い、ですか？」

「ええ、実は……」

日下部さんは、大手食品会社を経営している。

そんなすごい人たちに私たちができることってなんだろうと思っていたら、私が大学を卒業した後、伊織さんと結婚して欲しいということだった。

伊織さんには結婚願望がないらしい。

でも、次期社長が結婚しないのは日下部食品ではありえないことだそうで、昔から知っている私を結婚相手に……という話だ。

そんなことって、ある……!?

好きな人と結婚できる上に家も助けられるって、何そのラッキー！　棚から牡丹餅とはまさにこのこと！

私はラッキーだけど、伊織さんは？

優しくて、格好よくて、素敵な人……引く手数多であることは間違いないのに、私なんかと結婚なんてしていいの？

それって伊織さんにとってはアンラッキーなんじゃ……。

「そ、それは、娘の一生が決まるということで……」

「ええ、その通りです。ですから、この場でお返事を……とは言いませんので、どうかじっくり考えていただけないでしょうか？」

日下部さんご夫婦はこれ以上の話をするのはやめ、いつもと同じように過ごして東京へ帰って行った。

「菫、ごめん……でも、どうか伊織さんと結婚してくれないだろうか」

「私たちが不甲斐ないばかりに……ごめんね……ごめんね……でも、頼りはあなたしかいないの……」

「破綻してしまえば、俺たちも、従業員もみんな職を失ってしまう……どうか頼む……この通りだ」

日下部さんご夫婦が帰られたその日、お父さんとお母さんが泣きながら土下座し、どうか結婚を承諾して欲しいと頼んできた。

「え、えぇっ！　お父さん、お母さん、やめて！　そんなことしないで！　泣かないでよ……っ！　私、伊織さんと結婚するから！」

お父さんとお母さんが泣いているところを見るのは、生まれて初めてのことだった。もちろん土下座されるなんてことも。

「だが、お前の人生が、俺たちのせいで……」

「あなたには誰よりも幸せになって欲しいと思っていたのに……それなのに、私たちのせいで……っ！」

お母さんが声を上げて泣き出す。お父さんはギュッと拳を作って、悲しみを堪えるように震えていた。

私の気持ちって、お父さんとお母さんにはバレてるかな？　って思ってたんだけど、そうじゃなかったんだ。

「お父さん、お母さん、あのね……私はこの結婚、すごく嬉しいの」

「「は？」」

二人は目を丸くして、顔を熱くする私を見る。

は、恥ずかしい～……！

「どうして嬉しいのかっていうと……その……昔からね、私……伊織さんのことがずっと好きだったの。だから、伊織さんと結婚できるなんて、すっっっっごく嬉しいの。家も助けられて、好きな人と結婚できるなんてこんなうまい話ある？　って感じで」

正直に話したら、お葬式のような空気が一気に消え、その日のうちにお祝いパーティーを開かれることになってしまった。しかも、従業員も交えて……。

「菫の初恋が実った祝いと秋月旅館の継続決定にカンパーイ！」

「カンパーイ！」

「菫ちゃん、おめでとう！」

「や、やめてよ――っ！」

嬉しいけど、ものすっごく恥ずかしい！

伊織さんが嫌だって言ったら、この話……なくなるのかな？

援助の話がなくなるのも困るけど、好きな人に拒絶されるのは辛い。

「菫、伊織さんから電話が来てるよ。失礼のないようにな」

「えっ！　う、うん」

結婚すると返事をした翌日、伊織さんから家に電話があった。

あれはご両親が勝手に話していただけで、自分はその気がないとか？

受話器を取る数秒の間に、ネガティブな想像が頭をよぎる。

「も……もしもし、お電話代わりました。菫です」

『菫ちゃん、久しぶりだね』

低くて甘い声が、鼓膜を震わせて脳をとろけさせるようだった。

なんて素敵な声なんだろう。

「お久しぶりです。あの……」

『結婚を承諾してくれたって聞いたよ。……本当にいいの？』

「はい！　もちろんです」

『……そっか、じゃあ、よろしくね』

よろしくってことは、結婚してくれるってこと!?

「はい！　よろしくお願いします！」

『次の休みにそっちに泊まりに行くから、その時にまた』

「はいっ！」

やった！　伊織さんと結婚できる……！　でも、伊織さんは、本当に私なんかでいいの……？

世間体を気にして無理に？　と思ったけれど、次の休みに来てくれた伊織さんは、いつも通り穏やかで、結婚を嫌がっている様子は見受けられなかった。

「い、伊織さん、いらっしゃいませ。お茶、淹れますね」

「うん、ありがとう」

ああ、照れくさくて顔が見られない……！　私、今、絶対顔赤いよね⁉

「菫ちゃん、ごめんね」

「え？」

お茶を注いでいると、突然謝られた。

何がごめんねなの？　まさか、やっぱり結婚をしたくないってこと⁉　だからごめんねなの⁉

「菫ちゃんは可愛いから、当然彼氏もいるだろうし、その人と引き裂く形になったんじゃないかって申し訳なくて。もし嫌なら、正直に教えて。結婚がなくなっても、援助できるようになんとかするから」

違った！

「か、彼氏なんていないです！　私、ずっと……小さい頃からずっと伊織さんが好きだったから……っ」

パニックになって、つい告白してしまった。

「菫ちゃんが、俺を？」

「は、はい……」

か、か、顔から火が出そう——……！

生まれて初めての告白はあまりにも恥ずかしくて、ただでさえ伊織さんの顔を見ることができなかったのに、余計見られない。

「全然気付かなかった。……そっか、じゃあ、よろしくって言ってもいいのかな？」

「はい、よろしくお願いします……っ！」

やった！　伊織さんと結婚できる！　嘘みたい。こんな夢みたいなことが、私の人生に起こるなんて……！

こうして私は大学を卒業してすぐに上京し、伊織さんと結婚した。

結婚式と披露宴は、日下部食品の関係各社の人たちを招き、盛大に行われた。

有名デザイナーにフルオーダーして作って貰ったドレスに、結婚指輪は誰もが知っているハイブランドで、リングの全周をグルリとダイヤで囲んだエタニティリングだ。ちなみに三カラットの大きなダイヤの婚約指輪も貰っている。

せっかく貰ったけれど、着けていると落としちゃうんじゃないかとか、傷つけちゃうんじゃないかと緊張するので、伊織さんがはめてくれた時の一度しか身に着けていない。

真っ白なタキシードに身を包んだ伊織さんはとても素敵で、気合いを入れてものすごく着飾った私の数千倍綺麗だった。

「菫ちゃん、すごく綺麗だよ」

「いえ！　伊織さんの方が綺麗です！　素敵です！　写真……っ！　写真を撮らせて貰えませんか!?　あっ！　私、スマホ預けちゃってるんだった……お母さん、伊織さんの写真撮ってっ！　お願いっ！」

「菫!?」

「早く！　早く！」

「もう、騒がないの。伊織さん、すみません。一枚だけいいですか？」

「一枚じゃなくて、もっと撮って！」

「菫、いい加減にしなさい！」

ちなみに自分たちのイベントだけど、私は結婚式の準備に一切関わっていない。

伊織さんとご両親が、私が絶対にやりたくない嫌なことだけを聞いて、他は全て決めてくれたのだ。

「菫ちゃん、色々こっちで決めちゃってごめんね」

「え？　何がですか？」

「仕事関係の人を呼ばないといけないから、何かと制約があって」

「いえ、とんでもないです」

自分のイベントなんだから、自分で決めたい！　っていう人もいるのかもしれない。

私はといえば、そんなにこだわりはないので、楽をさせて貰ったという感謝の気持ちが大きかった。

でも、伊織さんは優しいから、私抜きで決めたことを気にしていたのかな。全然いいのに。

「もしよかったら、二回目の結婚式と披露宴をしようか」

「え、二回目ですか？」

「そう、二回目は会社の人は呼ばないで、お互いの呼びたい人だけを呼んで、菫ちゃんの理想の結婚式と披露宴をするんだ」

うう、優しい。大好き……！

「いえ、一度で十分です。私の理想の結婚式と披露宴は……その、伊織さんが、隣にいてくれることなので」

照れくさくて、顔が熱くなる。お母さんが傍にいるから、なおさら！

でも、本心なのだ。伊織さんと一緒になれるのなら、結婚式をしなくても、ドレスを着なくてもいい。

「本当に？」

「はい、だから、謝らないでください。私はとても幸せなので」

「ありがとう」

「とんでもないです！」

私の方こそありがとうございますだよ～……！

緊張がすごくて、挙式と披露宴中に何か失態を演じないか不安だったけど、なんとか乗り切ることができた……と思う。

実を言うと緊張しすぎて、いっぱいいっぱいいっぱいになってしまい、あんまり記憶がないと言った方が正しい。

あ、でも、誓いのキスだけはしっかり覚えてる。

私のファーストキス……伊織さんとできるなんて夢みたい。

一瞬しか触れていないけど、とっても柔らかくて、癖になる感触だった。

ああ、幸せすぎて足元がフワフワしちゃって、雲にでも乗ってるような気分！

結婚式の後は日下部家がよく利用しているホテルのスイートルームに移動した。ここで今日は一泊する予定だ。

「菫ちゃん、お疲れ様、今日は頑張ってくれてありがとう」

……つまりは、伊織さんとの初夜！　ドキドキしすぎて、心臓が破裂しそう！

ルームサービスで頼んだご飯が、なかなか喉を通らない。すっごくお腹が空いてるのに、緊張の方が勝る。

「伊織さんこそお疲れ様です。あの、私、何か失敗とか、してませんでしたか？　ちゃんとできてました？」

大丈夫だと思っているけど、心配でつい確認してしまう。

「うん、大丈夫、失敗なんてしてない。完璧だったよ」

「よかったです」

「あれ、あんまり食べてないね。口に合わなかった？　何か別の料理を頼もうか？」

私の目の前にあるサンドイッチは、さっきから全然減っていない。

パンはフワフワでほんのり甘くて、新鮮なシャキシャキのレタスの食感が楽しくて、厚切りのハムはジューシーでとても美味しい。でも、緊張と興奮で食が進まない。

「あっ！　いえ、すごく美味しいです。でも、あの……」

「うん？」

もう、二人ともお風呂を済ませて、バスローブ姿……恥ずかしくて、伊織さんをまともに見ることができない。

だって、スッピンだし、バスローブの中は下着だもん。好きな人の前で、こんな無防備な姿でいるなんて落ち着かない。

「む、胸がいっぱいで、緊張して、入っていかなくて……」

「ふふ、そうだったんだ。大丈夫だよ。緊張しないで」

サンドイッチをお皿に置くと、伊織さんが手を握ってくれる。とても大きくて、温かくて……私の手とは全然違う。

この手で私、今から……って、何考えてるの！　私！

か、顔が熱い……！

「……っ……は、はい……」

「あ、顔が赤くなっちゃったね」

「だ、だってドキドキしちゃって……」

「じゃあ、食べさせてあげるよ」

伊織さんがサンドイッチを口元に持ってきてくれる。

「えっ！　あっ……私、自分で……」

「いいから、はい、あーん」

「あーん……」

こんな幸せ……あっていいの!?

「菫ちゃん、今日は全然食べられてなかったよね。しっかり食べないと」

「は、はい」

一人だと食べられなかったのに、伊織さんに食べさせて貰ったら、あっという間に完食できた。

「ご馳走様でした……」

「全部食べられたね。えらい、えらい」

なんだか、子供扱いされているような気がして、少し複雑な気分になっていると、伊織さんが唇にキスしてきた。

「ん……っ……んん……」

誓いのキスはほんの一瞬だったけど、二回目のキスは、感触をじっくり堪能できるぐらい長かった。

伊織さんの唇はとても柔らかくて、しっとりしていた。唇をくっ付けられるたびに、胸の中が幸福感でいっぱいになっていく。

「伊織……さん……」

「ん？」

「……っ……なんでもない……です」

何か言おうとしたけど、頭がフワフワしていて忘れてしまった。

「ベッドに行こうか」

「はい」

立ち上がろうとしたら、伊織さんが私をお姫様抱っこした。

「えっ！　い、伊織さん！　私、自分で歩けます……っ」

「俺が運びたいんだ」

ウエディングドレスを着るからってダイエットはしていたけれど、もっと絞ればよかった～……！

私、絶対重いのに、伊織さんの腕はビクともしない。

力持ちなんだなぁ……男の人ってみんなこんなに力持ちなの？　あっ！　どうしよう。サンドイッチ全部食べちゃったけど、お腹出てないかな⁉　グルグル考える私をよそに伊織さんはキスしながら、二人で寝るには大きすぎるベッドに運んでくれた。

ど、どうしよう……。

どこを見ていたらいいの？　どういう体勢でいればいい？　何を喋ったらいい？　むしろ話していいの？

わからないことだらけで、私はカッチコッチに固まっていた。

「……っ」

「菫ちゃん、緊張してる？」

「は、はい……」

あ、ダメだ。緊張してるだなんて言ったら、気を遣わせちゃうかも。

「あっ……いえ、そんなことは……」

慌てて言い直すと、伊織さんがクスッと笑って私の頭を撫でてくれた。

余裕のある。大人な笑い方だ。

ああ……撫でられた頭が気持ちいい。犬や猫って、こういう気分なのかな？　ずっと撫でて貰いたくなる。

「正直に言っていいんだよ」

「ほ……本当は、すごく緊張……してます。あの、私、全部……初めてで……」

「大丈夫だよ。リラックスして」

「は……い……んっ……んんっ」

ちゅ、ちゅ、と唇にキスされるたびに、強張っていた身体から力が抜けていく。伊織さんは片手で私の髪を撫でて、もう一方の手は私の手を握ってくれる。

「ん……んん……」

「そうそう、その調子……」

キスって、なんて気持ちいいんだろう。

唇に伊織さんの舌が触れる。

あっ……！　舌……。

温かくて、柔らかい。人の舌って、こんな感じなんだ。

伊織さんは私の唇を舐めたり、食んだり、ちゅっと吸ってきたりする。

な、なんか……。

秘部がキュンキュン切なくなってきた。

思わず足を動かすと、ヌルリとしていることに気付く。

あ……！　わ、私、もう濡れてる……嘘！　こんなに早く濡れるものなの？　他の人ってどうなの？

そんなことを考えていたら、伊織さんの長い舌が私の口の中に入ってきた。

「ぁ……ん……む……っ……」

ひゃ――……っ！

舌でヌルヌル擦られるたびに、秘部が疼いて切なくなる。

す、すごい……口の中を弄られるのって、舌を入れるキスって、こんなに気持ちいいんだ。

恥ずかしくて絶対言えないけれど、実は何度も伊織さんとキスする想像をしていた。でも、考えていたのとは全然違う。想像を遥かに超える快感だった。

緊張で舌まで強張っていたけれど、口の中をくすぐられているうちに綻んで、柔らかい伊織さんの舌と絡まる。

「ん……んん……っ」

あ……舌、絡めるのも気持ちいい……。

シュルッと布が擦れる音が聞こえた。

何？　あっ！　ガウンの紐……！

ガウンを開かれて、ついに裸を見られてしまった。

「……っ」

は、恥ずかしい……！

二十二年も生きていると、色々恥ずかしい経験をしているものだけど、伊織さんに裸を見られるのが一番恥ずかしい。

ベストオブ恥ずかしい大賞受賞……！

「綺麗な身体だね」

伊織さんが、私の身体を見てる……！　あっ……あぁぁぁぁ～～～……っ！

顔から火が出そう。

「そ、そんなことは……ぁっ……」

「ふふ、謙遜しないで」

伊織さんの手が、私の首筋から鎖骨をしっとり撫でた。

「それにスベスベだね」

「あ……ま、毎日温泉に入ってた……からかもです……」

「毎日あんないいお湯に入れるなんて羨ましいな。温泉に毎日浸かっていたなら、こっち

に来てのお風呂は物足りないかもしれないね」

くすぐったい……。

「……っ……ン……でも、私、入浴剤を使うのに憧れてたんです。だから、嬉しい……」

「ああ、そうか。温泉だと、入れられないからね」

「そうなんです。一回も使ったことなくて！……」

「じゃあ、これから色んな種類の入浴剤をたくさん買って、毎日楽しもうか」

「は、はい……っ……あ！」

胸に触れられて、つい大きな声を出してしまった。

「胸、触られるのは嫌？」

慌てて首を左右に振った。

「ち、違うんです……ただ、驚いちゃって……」

「そっか、よかった」

長い指が私の胸に食い込んで、ふにゅふにゅと形を変える。

あ……っ……私の胸、伊織さんに揉まれて、こんなエッチな形になってる……！

恥ずかしいのに、目が離せない。

「柔らかいね」

耳元で囁かれると、ゾクゾクする。

伊織さんが私の胸、柔らかいって……っ！　伊織さんが……あの、伊織さんが……っ！

胸を揉まれていると、時折乳首に擦れる。そのたびにそこがムズムズくすぐったくて、腰が動いてしまう。

「んっ……ぁ……」

だんだん尖ってきた乳首を撫でられると、お腹の奥がゾクゾクして熱くなる。

あ……また、溢れてきてる……。

「ここを触られるのは、嫌じゃない？」

「んっ……嫌じゃない……です……」

伊織さん、私を気遣ってくれてるんだ。

伊織さんに触られて嫌なところなんてない……なんて言ったら、積極的すぎる女だって思われちゃうかな？

「じゃあ、どんな感じがする？」

完全に起ち上がった乳首を捏ね回され、あまりのくすぐったさに私は大きな声を上げた。

「ひゃんっ！　く、くすぐった……ぃ……です」

でも、くすぐられた時に感じるのとは別で、もっと触れて欲しいと思ってしまう感覚だった。

なんか、癖になっちゃいそう……。

「ふふ、くすぐったいか。経験を重ねて慣れてきたら、こうやって弄られるのが好きになるかもしれないよ」

すでに好きになってるかも……なんて、恥ずかしくて言えそうにない。

伊織さんは片手で乳首を弄りながら、もう一方の乳首を舌でなぞってきた。

「ぁっ……」

指で弄られるのとは、また違う感覚だった。

舌が熱くて、ヌルヌルして、伊織さんの息が濡れたそこにかかると、ゾクゾクして肌が粟立つ。

伊織さんが私の乳首を弄って、舐めてる！　私、伊織さんと、エッチなことしてる……！

そう自覚したら興奮して、さらに身体が熱くなるのを感じた。割れ目の間は蜜で溢れかえっていて、お尻まで垂れている。

唇と舌で可愛がられて、すっかり尖りきった乳首をチュッと吸われると、くすぐったさを通り越して気持ちよくなり、大きく身体が跳ね上がった。

「ひぁん……っ！　んっ……」

声、大きい……！

自分でも驚いちゃうぐらい大きな声が出て、慌てて手で口を塞いだ。

「気持ちよかった？」

バ、バレちゃった……でも、悪いことじゃないもんね。

頷くと、口を押さえていた手を退けられた。

「そっか、嬉しいな。……もしかして、声を気にしてる？」

「は、はい……恥ずかしくて……」

「でも、俺は菫ちゃんの声が聞きたいな。可愛いし、俺に触られて気持ちよくなってくれてるってわかるの、すごく嬉しいからさ」

伊織さんは私の手を取って、キスしてくれる。

王子様みたい……っ！

「～……っ……わかっ……わかりました」

「ありがとう」

こんな変な声を聞かせるって約束しただけなのに、ありがとうって……好きが止まらない！　どうしたらいいの!?

伊織さんを好きな気持ちが大きくなりすぎて、破裂してしまいそう。

油断すると口を押さえたくなるから、枕を摑むことにした。

「んっ……ぁんっ……ぁっ……んぅ……」

自分からこんなエッチな声が出るなんて、信じられない。

胸への刺激に夢中になっていると、伊織さんの手が私の太腿に触れた。

あ、も、もしかして、この後って……。

心臓がドキドキ早鐘を打つ。

私の予想は当たっていた。長い指が割れ日の間に入ってきて、ゆっくりとそこを撫で始めた。

「ぁ……っ！」

伊織さんの指が、私の……っ……私のに……っ！

そこを触られるのは、想像を絶する気持ちよさだった。

「あんっ！　ぁっ……んんっ……」

な、何これ、気持ちいい……。

くすぐったさの天井を突き抜けて、快感しかない。病みつきになりそうな気持ちよさだった。

「菫ちゃん、ここを触られるのは好き？」

指が動くたびに、クチュクチュ音がするのが恥ずかしい。

「そ、れは……」

好きだけど、正直に言ったらエッチな女みたいに思われそうで抵抗がある。

「好き？」

「……っ……な、内緒……です」

「それは、好きって言っているようなものだよ？」

耳元で囁かれ、顔が熱くなる。

「〜〜……っ……意地悪、しないでください」

「ふふ、ごめん、ごめん。もっと気持ちよくさせるから、許して？」

もっと？　今でもこんなに気持ちいいのに？

割れ目の間を撫でられ続けていたら、一際気持ちいい場所があることに気付く。そこを集中的に弄られていると、激しい快感が襲ってきた。

「ぁっ……ゃっ……そ、そこ……んっ……ぁんっ……」

「ここを触られるのは、気持ちいいよね？」

「ん……っ……は、はい……ぁっ……あぁっ……」

ああ、おかしくなりそう。

自分が自分じゃなくなるような感じがして、少し怖い……でも、もっとして欲しい。もっと気持ちよくなりたいと思ってしまう。

私、実は、すごくエッチだったの？

「菫ちゃんのクリ、可愛いね。ずっと撫でていたくなるよ」

「や……んんっ……ぁっ……あぁっ……」

私もずっと、そこを撫でて貰いたい……。

……えっ！　やだ、私、変なこと考えてる!?　まさか、口に出してないよね？

チラリと伊織さんを見ると、にっこり微笑んでくれた。

よかった……口には出してなさそう？

「菫ちゃんも、そう思ってくれてるみたいだね？」

「えっ！　わ、私、やっぱり口に出してましたか？」

伊織さんが目を丸くして指を止めて、クックッと笑い出す。

あ、あれ？

「ううん、菫ちゃんは、何も言ってないよ。ただ、いい反応を見せてくれるから、そうだといいなーっていう希望を含めて聞いてみただけ。でも、本当に思ってくれてたんだ。嬉しいよ」

「……っ」

余計なこと、言っちゃった……！　は、恥ずかしすぎる。穴があったら入りたい……！

「ずっと撫でて欲しいんだ？」

「うう……許して、ください……」

伊織さんの顔が見られなくて、両手で顔を覆う。

「ふふ、可愛い……」

伊織さんが再び指を動かし始め、甘い快感がそこから身体中に広がっていく。

「ぁ……っ……んんっ……ぁんっ……あぁっ……」

足元からゾクゾク何かがせり上がってくる感覚がやってきて、頭が真っ白になる。

あ……何か、来る……！

「ふぁ……っ……ぁっ……ン……あぁぁっ……！」

何かは膝を通り越したところで、頭の天辺まで突き抜けていった。

全身の毛穴が開いて、目の前がチカチカする。

「イッたんだね」

あ……これがイクってことなんだ。

フワフワして、すごく気持ちいい。

限界まで働いて、眠りにつく前のまどろんだ感じっていうか…………………はっ！　私、寝そうになってた⁉　寝ちゃダメだよ！　まだまだこれからなんだから！

「菫ちゃんは、感じやすいね。もしかして、元々自分で弄ってたりしたのかな？」

「えっ！　し、してないです……」

興味がなかったと言えば嘘になるけど、本当にしてない。

だって、ずっと家の手伝いをしていて、一人になれるのは夜寝る前ぐらいだし、体力の限界まで働いているから、布団に入った瞬間寝てしまうのでする機会もなかった。

「そうなんだ。じゃあ、元々敏感なんだね。……初めてイッた感想は、どうかな？」

「そ、それは……あの……」

「うん？」

伊織さんは私の乱れた前髪を直しながら、私の返答を待ってくれている。

「………想像してたのより、ずっと……気持ちよかった、です」

は、恥ずかしすぎる……！

高熱を出した時みたいに、顔が熱くてどうにかなりそう。

「そっか、よかった」

……でも、伊織さんが嬉しそうにしてくれてるから、いいかなって気分になる。

「じゃあ、今度は舌でも気持ちよくなろうか」

「はい…………………えっ？」

した……舌!?　舌って、もしかして……。

「あ、あのっ……ひゃっ」

伊織さんは私の足を左右に大きく開かせ、「ん？」と返事をする。

「どうかした？」

きゃあああああ！　見えてる！　伊織さんに見えちゃってる！

「あっ……あのっ……あのあのっ……」

パニックで、何を言っていいのかわからない。

「大丈夫、心配しないで」

伊織さんは素敵な笑顔で、私の割れ目をクパリと開いた。

きゃあああああっ！

あまりの衝撃に、叫び出したくなった。

「可愛いね」

「そ、そんなとこ、可愛いわけが……」

「本当に可愛いよ。菫ちゃんは、全身可愛いところだらけだ」

羞恥心でどうにかなりそうになっている間に、伊織さんが秘部に顔を近付けてきて、そこをペロリと舐めた。

「ひぁ……っ」

熱い舌でヌルヌル撫でられるのは、指とはまた違う快感を与えてくれた。

伊織さんが私のあんなとこを舐めてるなんて……！

エッチの時にそこを舐められるっていう知識は持っていたけど、あの伊織さんが……っ！　私の王子様の伊織さんに、舐めさせるなんて……！

ものすごく恥ずかしい！　そして、罪悪感がすごい！

でも、あまりに気持ちよくて、すぐに何も考えられなくなってしまう。

「あぁんっ！　ぁっ……んっ……あぁっ……！　んっ……ぁっ……」

腰がガクガク震えて、舌の動きと一緒にエッチな声が出て止まらない。

「どんどん溢れてきた……ちっちゃい穴が、ヒクヒク疼いてるよ」

「ん……ぁっ……」

濡れたそこに息がかかると、ゾクゾクする。

伊織さんの長い指が、膣口に触れた。

あ、挿れられる？　痛い……のかな？

身構えて力が入りそうになるけど、与えられる快感で身体がとろけてすぐに力が抜ける。

長い指が、私の中にゆっくり入ってきた。

「ぁ……っ……」

異物感はあるけど、恐れていた痛みはなかった。

「菫ちゃん、痛くない？」

「……っ……はい……」

伊織さんが、私の足の間から話しかけてくる。

な、なんか、この構図、すごくエッチ……！

「よかった」

根元まで入れると、引かれ、抜けそうになるとまた奥まで入れられた。

そのたびにジュポッ……グチュッ……と、いかにもな音が聞こえてきて、伊織さんとエッチをしているんだって改めて自覚させられる。

「ん……ぁっ……は……んんっ……」

身体の中を弄られるのって、不思議な感覚だ。でも、敏感な場所を舐めながら中を弄られていると、それも気持ちよくなってくる。

一番敏感な場所を柔らかな唇で咥えられ、チュッと吸われると、あまりの快感に頭が真っ白になって、またイッてしまった。

「あ……っ……あぁぁぁぁ……！」

ベッドに来たばかりの時はガチガチだった身体は、今は軟体動物みたいにくにゃくにゃだ。少しも力が入らなくて、もう、指一本動かせそうにない。

「菫ちゃんのイキ顔、可愛いな。癖になっちゃいそうだ」

「……っ……は、恥ずかしい……です」

「恥ずかしがるところも可愛いよ」

伊織さんは身体を起こすと、自身のバスローブの紐を解いた。

上半身は筋肉質で引き締まっていて、そして下は…………えっ！　お、大きい！　それにすごく不思議な形をしてる。

旅館で働いてた時、酔ったお客さんが全裸になっちゃって、事故で股間を見てしまったことが何度かある。その時見た形と全然違う！　大きさも！

……って、私、見すぎ!?　こういう時って、普通どうすればいいの!?　目を逸らしておくべきだった!?

慌てて目を逸らすと、伊織さんがクスッと笑う。

「怖がらせちゃったかな?」

「い、いえ……っ……その、見るのは失礼かな……って思って……」

「そんなことないよ。俺たちは夫婦なんだから、どこでも好きに見てくれて構わない」

夫婦……夫婦……夫婦………。

そうだ。私、伊織さんと結婚できて、伊織さんの妻になれたんだ。

ああ、今さらじわじわ実感が湧いてきて、幸せで胸がいっぱいになっていく。

……かといって、視線をすぐ戻すのは、いかがなものか……と思ってジッとしていると、ペリッという音が聞こえた。

え、何?

音に反応して視線を真正面に向けると、伊織さんが何か正方形のものを破いていた。

お菓子?　……あっ!　あれって、コンッ……コンドーム!

「……っ」

「ん?　どうかした?」

「な、なんでもありません」

伊織さんは慣れた手付きで、大きくなったアレにコンドームをつけた。私は伊織さんの上半身を見ているふりをして、視界の隅でそれを確認する。

……そうやってつけるんだ。

「いずれは子供が欲しいけど、生活に慣れるまではまだ避妊した方がいいと思うんだけど、菫ちゃんはどう思う？」

私を気遣ってくれてるんだ。

「はい、私もまだもう少し先の方がいいなって……」

「うん、そうしよう」

伊織さんが私に覆い被さってくる。

とうとう、伊織さんと……。

たった今見た、伊織さんのアレを思い出す。

指は大丈夫だったけど、あんなに大きいサイズのものが入ったら、ものすごく痛いんじゃ……。

初体験を済ませた友達が、みんな「すごく痛かった」って言っていたのをこのタイミングで思い出してしまった。

わ、忘れていたかった――！

痛いってどれくらい!?　注射よりは確実に痛いよね？　だってあんなに大きいんだもん。じゃあ、お風呂場で転んでお尻を打った時ぐらい？　それよりもっと？

そんなことを考えていたら、伊織さんが私の割れ目の間にアレを挟んで、ヌルヌル擦りつけてくる。

「ぁっ……んんっ……あ……っ……こ、擦れ……んんっ……」

イッたばかりでより敏感になったそこに、伊織さんのアレが擦れると……甘い刺激が襲ってくる。

「大丈夫だよ。優しくするから、心配しないで」

「んっ……は、はい……」

痛いのは苦手だけど、平気……伊織さんと結婚できなかった方がよっぽど辛い。どんなに痛くても耐えられる。

伊織さんは私の膣口にアレを宛がうと、ゆっくり中へ押し込んでいく。

「ぁ……痛っ！」

「痛いね。ごめん」

優しく頭を撫でながら、伊織さんは少しずつ私の中を進み、とうとうアレの先が一番奥に当たった。

痛い……けど、想像していたものよりは痛くない。これなら耐えられそう。

「慣れるまでは痛いと思うけど、それを超えたら一緒に気持ちよくなれる……から」

伊織さんの息が荒い。それに声がいつも以上に色っぽい。もしかして、それって、気持ちいいから？

「……っ……伊織さんは……気持ち……い……ですか？」

知りたくて我慢できずに、つい聞いてしまう。

「ああ……菫ちゃんに痛い思いをさせて申し訳ないけど、俺はすごく気持ちいいよ。ずっと繋がっていたいぐらい」

伊織さんが、私の中で気持ちよくなってくれてる……！

痛みを通り越して、嬉しくなる。

「ごめんね」

謝られて、首を左右に振った。

「い、いいんです……」

するとチュッと唇に優しいキスをしてくれる。

「ありがとう。なるべく早く終わらせるようにするからね」

伊織さんは動きながら、私にたくさんキスをしてくれた。

時間が経つほど痛みがだんだん鈍くなってきて、彼の気持ちよさそうな顔とか、息遣いとか、時折漏れる色っぽい声とか、触れる肌の感触とか、動いた時に合わせ目から聞こえる音に意識がいく。

好き……。

伊織さんのこんな姿を見ることができるなんて、伊織さんとこうして身体を重ねられるなんて夢みたい。

「んっ……は……ぃっ……んっ……んっ！……」

「菫ちゃん……もう、終わる……から」

このまま痛くてもいいから、もっとこの時間が続いて欲しいと思ってしまう。

伊織さんは少し動きを速めると、苦しげな息を吐いて動きをとめた。中で脈打ってるのがわかる。

イッた……のかな？

伊織さんはゆっくりとアレを引き抜くと、唇に優しいキスをくれた。

「終わったよ。頑張ってくれてありがとう」

終わった……ついに私、伊織さんと結婚して、エッチもしたんだ。すごい。私、伊織さんのお嫁さんになれたんだ……！

あの時、あまりにも幸せで……終わった後、泣いてしまった。伊織さんは痛みのあまりに泣いたって勘違いして、すごく謝ってくれたっけ。

……うう、思い返すと、すごく恥ずかしい。

新居は都内の閑静な住宅街にある高級マンションで、将来子供が生まれた時のことを考えて、かなり広めの５ＬＤＫだ。

新婚旅行はハワイで一週間過ごした。

旅館業には休みなんてないから、旅行は修学旅行で沖縄に行って以来！　それも好きな人と二人きりだなんて幸せすぎた。

ちなみに行き先は、私の行きたいところでいいって言ってくれたので、憧れだったハワイを選んだ。

ハワイの海は沖縄とはまた違っていて綺麗だった。

伊織さんと一緒だから、特別に見えてたのかもしれない。伊織さんとなら、水たまりだって綺麗に見えちゃうはずだもん。

ハワイでの一週間、夜になると伊織さんとエッチした。

初めは痛かったけど、回数を重ねるごとに身体が慣れて痛みを感じなくなって、伊織さんが言うように気持ちよくなれるようになっちゃった。

誰にも言えないけど、エッチするのがものすごく楽しみになってる。

ハワイではとんでもなく贅沢させて貰ってしまった……というか、日本に戻ってからも贅沢は続いていた。

デパートにある何かを買いたい！　という時には、デパートから直接外商担当の人が商品を持ってきてくれる。

そしてデパートに行くと、あらかじめ「こんなものが欲しい」と伝えておけば、個室に各ブランドの商品が集められていて、そこでゆっくり見ることができる。並んでいる商品の値段も桁違い……。

外食といえばテレビや雑誌で見るような高級店だし、普段の料理で使う食材も桁違いに高い。

実家では質素に暮らしていたから、贅沢に慣れない……！

雑談の流れで小さい頃に習い事がしたくても、旅館の仕事が忙しくてできなかったっていう話をしたら、今からでも好きな習い事をするっていうのはどうかな？　と勧めてくれた。

そんな贅沢なことできないと断ったけれど、ちっとも贅沢じゃないと言われて、次の日には色んな習い事の資料を集めてきてくれて、結局今は、日下部家と繋がりのある女性が経営する料理教室に通わせて貰っていた。

実家にとんでもない金額を援助してくれているのだから、私にまでこんなお金を使わせるわけにはいかないと訴えたら、これぐらい当たり前だから慣れてくれと、さらにお金をかけられるようになった。

伊織さんは優しくて、私をとても大切にしてくれている。

二人の時間を大事にしてくれるし、週末はデートをして、夜はエッチもしてくれて……こんなに幸せでいいの？　これは夢なの？　って思うぐらい幸せだ。

でも、伊織さんは……？

伊織さんは私みたいに平凡な子と結婚して、幸せって思ってくれてるのかな？

何度も考えて、何度も同じ結論に辿り着く。

幸せなわけ、ないよね。

結婚願望がないところを、無理やり私と結婚させられたんだもん。

しかも歳が離れているし、私は特別綺麗なわけでも可愛いわけでもないし、特別何かすごい才能を持っているわけじゃない。平々凡々な私が相手だもん。

幸せを感じるたび、伊織さんに申し訳なく思う。

伊織さんのことを本当に考えるなら、離婚した方がいいんじゃないかな……って思う。

でも借金があるから、私の気持ちだけじゃどうにもならない。

私ばかり幸せで、伊織さんが可哀相……！

とても好きだからこそ、何がなんでも一緒にいたい！　って思うんじゃなくて、離れても伊織さんが幸せならそれでいい！　という気持ちに達してしまった。

伊織さんと別れることを想像したら、すごく胸が苦しい。絶対立ち直れない。

でも、それ以上に伊織さんが幸せじゃないのは辛い。

あーあ、私に自由にできるたくさんのお金があればなぁ……。

スマホで求人情報を探すと、私に稼げる金額はごくわずか……二億なんて大金は一生かかっても無理だった。

どうやったら二億なんて稼げるのかな？

スーパーからの帰り道、そんなことを考えながら歩いていると宝くじ売り場が目に入った。

「あ、宝くじ……」

そっか、サマージャンボ宝くじの季節だ。

一等賞金……五億円！　五億円もあれば、おつりがくる！　それもおつりと呼んでいいのかわからない大金が！

当たるわけがないよね。そういえば旅館に来てくれたお客さんが、宝くじの一等に当たるのは、隕石が当たって死ぬ確率よりも低い……なんて言ってたっけ。

……でも、なんでだろう。妙に惹かれる。

一枚だけ、買ってみようかな。もちろん伊織さんから貰った生活費じゃなくて、独身の頃に貯めたお小遣いを使う。

宝くじを買うのって、初めて！　どうやって買うのかな。

「す、すみません。えっと、宝くじって、一枚からでも買えますか？」

それから、約一か月後――。

私は家で一人、震える手で作ったばかりの通帳をジッと見ていた。もう、穴が開きそうなほど見ていた。

う、嘘でしょ？　ううん、嘘じゃない……っ！　だって、目の前の通帳には、五億円入ってる。

何度も数え直した。実は五万円じゃないかな？　って思って、何度も数え直した。

一、十、百…………五億、ご、五億だ。確かに五億！　ごっ……五億が私の通帳に入ってる――……！

ダメ元で買った宝くじ「そういえば、宝くじ買ったんだっけ」と、当選日から少し過ぎてから確認したら、まさかの一等が当たっていた。

見間違いじゃないかと思って何回も確認したけど信じられなくて、売り場に行って確認して貰ったら、本当に当たっていて腰が抜けるかと思った。

宝くじ売り場だと高額当選は換金できないみたいで、銀行に行って換金してきたんだけど……こんな大金が入った通帳を持って歩くのは怖くて仕方がなくて、家に着くまで冷や汗が止まらなかった。

「あ……そ、そっか……タクシーに乗って帰ればよかったんだ……は、はは……」

こんなことが自分の身に起きるなんて信じられない。

手元にあるお金は五億で、借金は二億！　そっか、このお金があれば、借金が返せる！

伊織さんを自由にしてあげることができるんだ……！

第二章　こんな女、離婚したくなるでしょ？

『大切なお話があります。時間を作って貰えますか？』

震える指で、伊織さんにメッセージを送った。

これで、よし！　ああ、冷や汗でビッショリ……熱くて汗をかくことはあっても、冷や汗でこんなに濡れるのは初めて。

返事が来るまでしばらくかかるだろうし、シャワーでも浴びてこようと思ったら、すぐに既読が付いて、返事がきた。

『どうしたの？　何かあった？』

あ、心配かけちゃった！　確かにこれじゃネガティブな内容みたい。

離婚……私にとっては嬉しいことじゃないけど、伊織さんにとってはいいことだもんね。

『心配しないでください。ポジティブなお話なので、きっと伊織さんも喜んでくれると思います』

これでよし……と！

あ、可愛いスタンプも送っておこう。

『ポジティブな話？　楽しみだな。なるべく早く帰るよ』

宝くじが当たったなんて聞いたら、伊織さん、驚くだろうな。

……離婚できるって言ったら、どんな顔をするだろう。

喜んだ顔を想像したら、胸が苦しくなる。

「……っ」

暗くなっちゃダメ！　これは伊織さんにとっていい話なんだから。

結婚してから四か月、とても幸せな想いをさせて貰った。

手が届かない人だったのに、結婚できたのは奇跡で、私にとっては宝くじが当たるより……というか、人生で一番の幸運だ。

もう、一生分の運どころか、来世の運まで使い果たしちゃったかも。

四か月間も夫婦でいられて、本当に幸せだった。だから、これ以上を望むのは、贅沢すぎる。

シャワーを浴びてから、夕食の準備をしよう。

今日はお祝いだから……そうだ。すき焼きにしようかな。うん、伊織さん、牛肉大好きだし、そうしよう。

少し前に貰ったいいお肉が冷凍庫に……ああ、ダメだ。今からじゃ解凍が間に合わない。シャワーを浴びる前に、いいお肉を買ってこよう。それからせっかくだし、ちょっと高い卵も買っちゃおう。

急いで買い物に行ってシャワーを浴び、夕食の準備をしていると、玄関が開く音が聞こえた。

え？　もう、そんな時間？

時計を見ると、いつもより二時間も早い。

包丁を置いて玄関に向かうと、薔薇の花束を持った伊織さんが立っていた。

「ただいま」

「お帰りなさい。わあ、綺麗ですね。頂き物ですか？」

「いや、帰る前に買ってきたんだ。ポジティブな話だっていうから、お祝いにと思って。はい、どうぞ」

「！　ありがとうございます」

まさか、お花を買ってきてくれるだなんて思わなかった。

「ごめんなさい。夕食の準備、もう少しかかりそうなんです。今日はすき焼きですよ」

「楽しみだな。俺も準備するよ。何をすればいい？　野菜を切る？」

「あ、大丈夫ですよ。伊織さんは、ゆっくりしていてください」

「一緒に準備した方が楽しいよ。それに早く話を聞きたいしね」

胸がキュゥゥ～ッと締め付けられる。

うう、好き……っ！　仕事から帰ってきて疲れてるはずなのに、なんでそんな優しいのぉ――っ!?　もう好き好き！　大好きっ！

「まずは着替えてくるね」

「はい、ありがとうございます」

伊織さんと一緒に準備をし、プレゼントして貰ったお花をテーブルに飾って食事を始める。

「美味しいね」

「はい、すごく」

さすがいいお肉と卵、すごく美味しい。

でも、これからのことを考えたら、何かが喉に詰まっているような感覚がして、少ししか食べられない。

そういえば、誰かと鍋をするのは、伊織さんとが初めてだったなぁ……。

実家だとみんな働いていて忙しかったから、各自空いてる時間で別々に食べていた。

鍋どころか、家族全員で一緒に食事をしたことは一度もない。お父さんと私、私とお母さん……っていう組み合わせで食べることはたまにあったけど。

だから、家族一緒に、ゆっくりご飯を食べるのに憧れてた。

そんな話をしたら、伊織さんは優しく微笑んでくれて「これからは、憧れを毎日現実にして、当たり前にしよう」って言ってくれたんだった。

すごく嬉しかった。

でも、もう終わりなんだ……仕方のないことだけど、すごく悲しいな。

「菫ちゃん、あんまり食べてないね。体調悪い？」

「あっ……いいえ、大丈夫です。元気です」

「本当に？」

「はい、元気です。ただ少しだけ食欲がなくて。お昼に食べすぎちゃったのかもしれません」

「そっか、今日は何を食べたの？」

「あ……えっと」

あれ？　私、何食べたっけ？

宝くじが当たってパニックになっていたから、今日一日の記憶がぼんやりしてる。

「やっぱり、具合が悪い？」

「いえ！　違うんです」

伊織さん、心配してくれてる。もう話を切り出しちゃおう。

「あの、メッセージで言ったポジティブな話をしたいんですけど……」

「うん？」

私はポケットに入れていた通帳を取り出し、伊織さんに手渡す。

「通帳？」

「これの中身を見て貰えますか？」

「わかった」

伊織さんは通帳を開くと、目を見開いた。

「え、五億？　どうしたの？　これ」

「実は少し前に、宝くじを一枚買ったんです。そしたら、当たっていて……」

「宝くじ？　本当に当たるんだ……すごいな」

「私もビックリしました。それで、このお金でお借りした二億をお返ししたいと思いまして」

「そんなの気にしなくていいよ。あのお金は今は融資ってことになってるけれど、将来は返さなくていいような手続きを取るつもりなんだ。だからこのお金は、菫ちゃんが自由に使って」

「いえ！　そんなわけにいきません。受け取ってください。今まで本当にありがとうございました。伊織さんと、お義父さん、お義母さんのおかげで、うちの旅館はなくならずに済みました」

「受け取れない。俺も、両親も、秋月旅館がなくならないで済んで嬉しかったよ。だから、気にすることないんだ。これは秋月旅館を助けるっていうよりも、秋月旅館をなくしたくないっていう俺たちのワガママだったんだから」

伊織さん、本当に優しい……。

「ダメです。お金を返さないと、伊織さんはいつまでも自由になれません」

「自由になれない？　どういうこと？」

「お金をお返しします。だから、離婚してください」

声が震えた。

離婚――口に出すと、涙が出そうなぐらい胸が痛くて苦しくなる。

伊織さんから了承する言葉を聞いたら、もっと辛いんだろうな。

夢の世界は、今日でおしまい。

伊織さんの表情を見るのが怖くて、私は自分の器の中の溶き卵を見つめていた。

一秒……五秒……十秒……十五秒……あれ？　反応がない。

伊織さん……？

恐る恐る顔を上げると、伊織さんが呆然としていた。

……えっ!?

想像していたどれとも違う表情だった。

どうしてそんな顔をするの？

「あの、伊織……さん？」

声をかけると、伊織さんがハッと我に返った様子でこちらを見た。

「どうして？　俺のことが好きじゃなくなった？」

「いえ！　大好きです。だからこそ、伊織さんには自分の思うように生きて欲しいんです……」

「俺は自分の思うように生きてるよ」

「でも、伊織さんは結婚願望がなかったって聞きました。それなのに私と結婚させられてしまって……今まで本当にごめんなさい」

これで別れたとしても、伊織さんは別の人と結婚しないといけないのかな？　でも、平々凡々の私よりも、ずっと素敵な人と結婚できるはずだ。

「だから………私たち、離婚しましょう」

何度口にしても、この言葉は胸が痛む。

伊織さんは目を見開き、言葉を詰まらせた。次に伊織さんの口からなんて言葉が出てくるのかドキドキする。

伊織さんが口を開くまで少しの間だったのに、ものすごく長く感じた。

「しないよ」

「………えっ？」

「お金も受け取らないし、離婚もしない」

今、なんて？

「ど、どうして……」

「菫ちゃんは、俺に自分の思うように生きて欲しいって言ってくれたよね」

「はい」

「俺は菫ちゃんと夫婦でいたいと思っているんだ。だからお金はいらないし、離婚もしない」

「どうして、私なんかと……」

「菫ちゃんが好きだからだよ」

すっ…………!?

心臓が大きく跳ね上がる。

伊織さんに好きだなんて言われたの、初めて……！　でも、どうしてこのタイミングで？　本当に？

いや、そんなはずない。だって、親に決められた結婚だし……でも、生活していく中で、私を好きになってくれたとか？

……私、伊織さんに好きになって貰えるような魅力的な女じゃない。

じゃあ、どうして？　どうして離婚してくれないの？

考え付くのは、世間体だった。

結婚して約四か月で離婚……さすがに世間体が悪いかも。何かあったって思う人が、きっと大半だよね。

じゃあ、今好きって言ってくれたのは、そういえば私が納得すると思って……？

私だって、伊織さんとずっと一緒にいたい。四十代、五十代、六十代、もっと先の伊織さんを一番近くで見ていたい。

でも、それは私のワガママだ。伊織さんのことを考えるなら、早く離婚した方がいい。

最初は世間が色々騒ぐかもしれないけれど、長い目で見たら多少嫌な思いをしても、離婚しておいた方がいいと思う。

「あの、伊織さん……」

「もしかして、このことで緊張して食欲がなかった？」

「あ、はい」

「じゃあ、もう食べられそうかな」

「そ、そうですね」

満足な返事は貰えなかったけど、一応話を切り出せたわけだから、そういったことの緊張はなくなったかもしれない。

「そうだ。せっかくだし、お酒も飲もうか。俺はこの前貰った日本酒にしようかな。菫ちゃんは何がいい？」

お酒を飲みながらの方が、深い話ができるかもしれない。

「あ、じゃあ、私も日本酒を……」

「菫ちゃん、日本酒は、あんまり好きじゃないって言ってたよね？　俺に合わせなくていいんだよ？」

「確かに苦手な味なんですけど、好きになりたいから練習したいんです」

「え、どうして？」

「旅館でお客様が美味しそうに飲むのが、小さい頃から羨ましくて。だから、大人になったら色々飲みたいって思ってたんです」

甘酒みたいな味を想像してたけれど、二十歳になってワクワクしながら初めて飲んだ時、考えてた味と全然違って驚いた。

「そうだったんだ。初めは美味しくなくても、飲み続けてると美味しく感じられるようになることもあるし、少しずつ飲んでいくのはいいかもしれないね」

「そうなんです。美味しく感じられる日が来るのが楽しみなんです。すぐに持ってきますね」

「ありがとう。でも、俺が持ってくるから座っていて」

「あ、でも……」

「いいから」

伊織さんが席を立って、お酒とグラスを持ってきてくれた。グラスに注ぎ合って、乾杯した。

「あ……」

何度か練習している成果が出たのか、前に飲んだ時よりも美味しく感じる。

「味はどう？」

「この間より美味しく感じます」

「よかった」

せっかく好きになったとしても、私、今後日本酒は飲めなくなるだろうな。飲んだら、伊織さんを思い出して悲しくなりそうだもんね。

肉を一枚食べて、お酒を飲む。

ん、すごい。口の中がサッパリする。普通の飲み物じゃ、こうはならない。

「それで……なんですけど、いくら世間体が悪かったとしても、離婚はするべきだと思うんです」

「しないよ。それに、世間体なんて関係ない」

「伊織さん、元々結婚願望はなかったんですよね？　私と離婚すれば、独身に戻れるんですよ？」

いや、その後、また別の人と結婚することになるかもしれないけど。

でも、一度は結婚したってことで、なんとかならないかな？　子供は養子を迎えてもいいって言ってたし。

「うん、確かに結婚願望はなかったけど、離婚したくない。菫ちゃんを手放したくないんだ」

私を手放したくないって、どうして？　あ、もしかして、私が伊織さんを好きだから、気を遣って……？

伊織さんって、本当にどこまで優しいんだろう。

「私に気を遣わないでください。私は伊織さんの好きに生きて欲しいんです」

「菫ちゃんと一緒にいられることが、俺の好きなことだよ」

話はいくら時間が経っても平行線で、伊織さんは了承してくれない。

「そうじゃなくて、色んなしがらみを抜きにして、伊織さんの思うように生きて欲しいんです。それが何よりの願いなんです」

「ありがとう。じゃあ、これからも一緒にいてくれるね」

「そ、そうじゃないんです。だから……」

そのうち酔いが回ってきて、眠くなってきてしまった。

瞼が……身体が重い。怠い。横になりたい。

「菫ちゃん、眠い？」

「う……しゅみましぇ……」

うわ、呂律が回らない。

「今、水を持ってくるよ」

日本酒はアルコール度数が高いから気を付けないといけなかったのに、話に夢中になって、気が付いたら自分のキャパを超えていた。

強烈な眠気……目を開けていられない。

「うぅん……」

少しだけ……少しだけ目を瞑りたい。

お水を用意してくれる音を聞きながら、私はテーブルに突っ伏した。

眠い……眠い……ねむ……。

ほんの少し目を瞑ろうと思っただけなのに、意識が沈み込んでいく。

「菫ちゃん」

あれ？　伊織さんの声が聞こえる。

でも、怠くて、眠くて、少ししか目が開かない。狭い視界に、伊織さんの姿がぼんやり見えた。

「うぅん……」

あ……私、横になってる。いつ寝たんだっけ？　あー……フワフワする。なんか気持ちいいなぁ……。

「菫ちゃん、少し水飲もうか」

水？　どうして？

伊織さんが私の頭の後ろに手を入れ、そっと上半身を起こす。

「ごめんね。でも、飲んでおいた方がいいと思うから」

眠い……やだ、まだ、起きたくない。

「んっ」

唇に柔らかいものが押し当てられた。

何？　あ……伊織さんがキスしてくれてるんだ。薄っすら開いた唇の間から、冷たいお水が流れ込んでくる。

なんでお水？　あ、冷たくて美味しい。

「んん……」

ああ、そっか、これってきっと夢なんだ。

「もう少し飲んで」

「ん……」

夢の中の伊織さんは、私の口の中にもう一度水を流し込んで、水がなくなると唇をちゅ、ちゅ、と吸ってきた。

「んん……っ」

気持ちいい……。

どうしよう。もっとして欲しい。

お腹の奥がキュンキュン切なくて、まだ唇を吸われてるだけなのに、秘部が濡れ始めていた。

夢なら、いいよね？

私は伊織さんの首に手を回して、ギュッと抱きついた。

あ……自分の思ったように動ける。

これって、明晰夢ってやつなのかな？　自分で夢だってわかって、色々できちゃう夢。

初めて見た。

「菫ちゃん?」

「伊織しゃん、もっと……」

伊織さんの身体が、ピクッと動く。

私がこんなこと言うなんて、驚いてるみたい。きっと現実の伊織さんも、私がこんなことを言ったら驚くだろうな。

「もっとって、キスのこと?」

「はい……それから、キス以上のことも……!」

「キス以上のことって?」

「……エッチ……したいれす」

夢の中だから、大胆になれる。

離婚するから、現実世界ではもう抱いて貰えないけど、夢の中でぐらい……いいよね?

でも、目が覚めた時、悲しくなりそう。

「菫ちゃんから誘ってくれるなんて、初めてだね」

「いや……れすか?」

「まさか。すごく嬉しいし、興奮する。……じゃあ、しようか」

再び唇を重ねられた。

きた。

「ん……んんっ……」

長い舌に咥内をなぞられる感覚に夢中になっていると、伊織さんの手が服の中に入ってきた。

ブラのホックを外され、胸に直接触れられるとゾクゾクする。

口も、胸も気持ちいい——こんなリアルな夢、初めて。

「可愛い乳首が、もう尖ってるね」

起ち上がった乳首を指で転がされる。甘い刺激がそこから全身に広がって、ショーツの中はもうグショグショになっていた。

「ぁんっ……は……んんっ……」

「実は、俺もしたかったんだ」

「……っ……ン……そう、なんです……か？」

「そう、菫ちゃんの可愛い寝顔を見ていたらね。でも、我慢しないと……と思って」

「や……我慢しないれ……」

なんか、呂律が回らない。夢の中だから？

「でも、寝てるところを起こすのは可哀相だなって」

「可哀相なんかじゃないれす……起こしてくらはい。私はいつだって、伊織さんに抱いて欲しいんれすからぁ……」

いつもなら絶対躊躇する大胆なセリフも、夢の中だからどんどん言えちゃう。

ああ、自分の気持ちを素直に言えるって、心地いいなぁ……。

「嬉しいな。そんな可愛いこと言われたら燃えるな。今日は、少し激しくしちゃうかもしれない」

伊織さんは私のカットソーをずり上げると、露わになった胸をいつもより強く揉んできた。

「ぁんっ！」

こんな夢を見るってことは、もしかして私、自分が気付いてないだけで激しくして欲しい願望があるのかな？

「んっ……いい、です……して……激しく……してくらはい……」

「いいの？　少しでも怖がってくれたら、我慢できたんだけど……逆に煽られるとは思わなかったな」

「え？　あっ……んんっ……」

胸を揉む荒々しい手付きや、乳首を強く弄られる感覚に、ゾクゾクする。

いつもみたいに優しく触れて貰うのも好きだけど、こうやってちょっと乱暴なのもいい。

「ぁんっ！　んっ……ぁあっ……！」

「可愛い声だね。菫ちゃんの声、大好きだよ。特にこういう時の声……俺だけしか聞けないこのエッチな声が大好き」

「伊織しゃん……ぁんっ！　気持ち……ぃっ……あぁんっ！」

いつもは大きな声が出ないように我慢しているけど、夢の中だもんね。抑えないで、思いきり出しちゃう。

「嬉しいよ。もっと気持ちよくなって」

乳首を甘噛みされて、強く吸われた瞬間——足元から絶頂の予感がせり上がって来て、一気に頭の天辺まで抜けていった。

「ぁ……っ……あぁぁぁ——……！」

嘘……！　私、乳首だけでイッちゃった……の？

「あれ？　菫ちゃん、乳首だけでイッたの？」

「……っ」

声が出ない。私は重い頭を縦に動かした。

夢の中の私、敏感すぎるでしょ……！

「ふふ、そうなんだ。驚いた。乳首を弄られただけでイケるなんて、菫ちゃんは敏感だね」

尖りきった乳首を指の先でスリスリ撫でられると、身体がビクビク跳ね上がる。

「ぁんっ……！　ゃぁん……っ」

「もっと乳首を弄ろうか……それとも、こっちがいい？」

ショーツの中に手を入れられ、割れ目の間を撫でられた。

「ひゃぅっ」

少し触れられただけでも、ものすごい快感が走った。早くそこに触れて欲しくて、お尻が左右に動いてしまう。

「どっちがいい？」

耳元で囁かれると、お腹の奥がキュンキュン切なくなる。

「こ、こっち……」

足の間にある伊織さんの手を太腿でギュッと締め付けてしまう。

「ふふ、これじゃ手を動かせないよ？」

「あっ……ご、ごめんらはい……」

ドキドキしながら足を開くと、長い指が割れ目の間を滑った。

「ぁ……っ……あぁ……」

グチュグチュいやらしい音が走ると同時に、強烈な甘い刺激が全身に広がった。

「あぁんっ！　あっ……あぁっ……気持ちぃっ……ぁんっ！　あぁっ……」

新しい蜜がどんどん溢れて、伊織さんの指を濡らしていく。

「指もいいけど、舌も好きだよね？」

伊織さんは私の足の間に顔を埋めると、秘部を舌でなぞり始めた。

「ひぁんっ！　ぁっ……あぁんっ！　好き……っ……んんっ！　ぁんっ！　気持ち……いっ……っ……あン！」

「可愛い……エッチだね」

膣口に指を入れられ、中からも可愛がられた。

足元から、またゾクゾクと絶頂の予感がせり上がってくるのを感じる。

「ぁっ……あっ……ま、また、イッちゃ……うぅ……」

与えられ続ける快感に痺れていると、伊織さんの舌の動きが速くなった。

「ひぁ……っ……ぁんっ！　あっ……あっ……イク……イッちゃ……あっ……あぁぁぁっ！」

私は背中を反らし、伊織さんの指を締め付けながらイッた。

「ふふ、菫ちゃんの中、トロトロだよ」

指を引き抜かれると、抜かないでと訴えるように中がヒクヒク激しく疼く。

「伊織……しゃん……もっと……」

「うん、もっとしてあげるよ」

伊織さんは身体を起こして服を脱ぐと、再び私の上に覆い被さってきた。大きくなったアレで、割れ目の間をヌルヌルなぞられるのが気持ちいい。

「ぁっ……んんっ」

早く中に挿れて欲しくて、一番深い場所が切なくて辛い。

「……今日は、つけなくてもいい？」

つけなくてもって何を？　あっ……コンドーム？

「はい……」

夢の中だもん。避妊なんて必要ないよね。

「俺の子供、産んでくれる？」

夢の中だから、子供はできるはずがない。でも、素直に頷いた。

いつか出産して、伊織さんと子供を育てる夢も見られたらいいのに……。

「嬉しいな……じゃあ、挿れるよ」

伊織さんのアレが、ゆっくり私の中に入ってくる。

「ぁ……っ……んんっ……」

伊織さんの、熱い――……！

奥まで満たされると、まだ動いてないのに、気持ちよくて堪らない。

「菫ちゃんの中、すごく熱い……挿れただけなのに、イキそうなぐらい気持ちいいよ」

早く動いて欲しくて、腰を左右に揺らしてしまう。少しでも擦れると、そこから快感が広がっていく。

「伊織しゃぁん……っ……んっ……」

「ん……っ……ふふ……腰が動いてる……ごめんね。早く動いて欲しかった？」

伊織さんが激しく腰を動かし始め、待ち望んでいた以上の快感が繋がっているそこから全身に広がった。

「ぁんっ！　あぁっ……気持ちぃっ……ぁン！　あぁっ……伊織しゃん、気持ちいぃ……！　ひゃぅっ……ぁんっ！　あぁっ……！」

「俺も気持ちいいよ……菫ちゃん、可愛い……ああ……なんて可愛いんだろう」

腰が浮くぐらい激しく突き上げられて、あまりの快感に目の前がチカチカする。溢れた蜜が伊織さんのアレで掻き出されて、お尻にトロトロ垂れていく。

「んぁ……っ……はんっ……あぁっ……んんっ……ぁんっ！　はぅっ……んっ……あぁん

っ！」

夢なのに、気持ちよすぎる……！　こんなの病み付きになっちゃうよ。

「菫ちゃん……辛く、ない？」

伊織さんが抜けそうなぐらい腰を引きながら聞いてくる。

「あ……っ」

嫌！　抜かないで！

私は力が入らない足を必死に動かし、彼のお尻に足を回して、これ以上抜けないように阻止する。

「や……っ……辛くなぃぃ……辛くないからぁ……っ……やめちゃいやぁ……抜かないでぇ……っ」

すると次の瞬間、奥までズップリと埋められ、私は大きな嬌声を上げた。

「ひぁん……っ!?」

「……っ……心配しなくても、やめたりなんてしないよ」

さっき以上に激しく突き上げられて、私はあっという間に快感の高みに昇りつめた。伊織さんは絶頂の余韻に痺れている私の中に、さらなる熱を刻んでいく。

「ひぁ……だ……め……やっ……いま、イッて……るっ……の、にぃ……ぁんっ……ぁぁ

っ……！」

「ごめんね。やめてあげられない」

「ぁんっ！　あぁっ……ま、またイッちゃ……ぁっ……んんっ……あぁぁっ！」

またイッてしまうと、伊織さんが「うっ」と小さく切なそうな声を零した。

「俺もイキそうだ……中に出してもいい？」

もちろん、いいに決まってる。だって夢の中だ。

喘ぎながら頷くと、伊織さんがより激しく腰を動かして私の奥を突いてくる。

「んっ……ぁっ……んんっ……ぁんっ！　ぁぁっ……んっ……ぁっ……ひ……ぁっ」

伊織さんのアレがドクドクッと脈打った瞬間、私もまた絶頂に達した。

あ……中で出てるの、わかる……。

伊織さんは中で出しながら、私の唇にちゅ、ちゅ、と甘いキスを落としてくれる。

「気持ちよかった」

「ん……私も……」

ああ、なんて幸せな夢なんだろう。このまま覚めなければいいのに……。

だんだん意識が遠のいていく。きっと、現実の私が目を覚まそうとしているに違いない。

あー……やだやだ……起きたくない。ずっと、こうして、伊織さんに抱かれていたいのに——。

◆◇◆

「うーん……ケホッ……ケホッ……」

喉の渇きでぼんやり目を覚ました。

私、なんでこんなに喉が渇いてるんだろう。それにすごく怠いし、頭が痛い。起きたけど、目が開けられない。

「菫ちゃん、大丈夫？　今、水を持ってくるよ」

「……えっ⁉」

いるはずのない伊織さんの声に驚いて、パチッと目を開けた。

「どうしたの？」

「あの、伊織さんがどうしてここに？」

なぜか声が枯れていて、思わず口に手を当てた。

あれ？　私、どうしてこんなに声が枯れてるの？　風邪引いちゃった？

というか、本当にどうして伊織さんが、私の部屋にいるの？　私たちは寝室を別にしているから、ここに伊織さんがいるはずないのに……。

「あれ、覚えてない？」

覚えてないって、まさか……。

起き上がると、中から何かがトロリと溢れた。

——夢じゃなかったの……!?

呆然としていると伊織さんが部屋を出て、グラスにお水を持ってきてくれた。全部飲み干しても、喉の違和感は取れない。

「あ、ありがとうございます……」

「どういたしまして、昨日、たくさん大きな声を出したから、喉が枯れちゃったのかもしれないね」

現実だったなんて……！

「昨日の菫ちゃん、積極的で、大胆で、すごく可愛かったよ」

い、言わないで～……！

私は夢だと思ってやりたい放題したことを思い出し、頭を抱えた。

断片的にしか思い出せないけど、普段ならしないことをたくさんした気がする！　恥ずかしすぎて、死にそう！

穴があったら入りたいぃぃぃ……！

「頭、痛い？　薬持ってこようか？」

「い、いえ、大丈夫です……あの……私、昨日のことは夢だと思って……それで……その……」

「え、そうだったの？」

「はい……」

話していると、余計に恥ずかしくなる。

うう、伊織さんの記憶から、昨日のできごとを今すぐ消して欲しい。

忘れることのできる薬があるのなら、五億あるうちの一億ぐらい払ってもいいと思ってしまう。

「なので、忘れてください……」

「それは無理かな」

即答された。

「うう～……」

「夢だと思って振る舞ったってことは、あれが菫ちゃんの本当の姿なのかな？」

ニヤリと意地悪な笑みを浮かべられ、顔がカーッと熱くなる。

「お、思い出さないでください……っ！」

離婚するって言ったのに、エッチしちゃうなんて！　しかも、避妊しないで……！　子供ができてたらどうしよう！

ううん、たった一回で子供ができるなんてこと、ないよね？

「朝食作ってくるよ。簡単なのしかできないけど」

「あっ！　私が作ります」

「菫ちゃんは、今日はゆっくり休んでいて。昨日、かなり無理させちゃったからね。夕食もデリバリーにしようか」

「いえ、そんなわけにはいかないです。お世話になってる身ですし、家事はちゃんとやりたいです」

「いやいや、お世話とかそういうのじゃないよ。俺たちは夫婦なんだから、そんなの気にしなくていいんだよ」

夫婦――。

昨日、どこまで話したんだろう。

離婚するって了承してくれたんだっけ？　うう、思い出せない。お酒はやめておくべきだった。

「あの、伊織さん」

「ん？」

伊織さんは柔らかく微笑むと、私の髪を撫でてくれる。

何！　この甘い雰囲気は！　幸せ！　……じゃなくて、ちゃんと話をしないと……。

「私、昨日の記憶が途中からなくて……あの、あれから、離婚することを了承して貰えたんでしょうか？」

「もちろん、してないよ」

笑顔で答えられた。

「ちゃんと話が終わっていないのに、中途半端なところで眠っちゃってごめんなさい」

「いいんだよ。どんなに話し合っても、俺は離婚する気は全くないからね」

「え、えぇっ」

「じゃあ、朝ご飯作ってくるよ」

伊織さんは私の唇にチュッとキスして、部屋から出て行った。

それから何度も離婚を了承して貰えるように説得を続ける日々――でも、伊織さんは「絶対にしないよ」と首を縦には振ってくれなかった。

あれから数日――家の掃除を終えた私は、昨日の夜に仕込んでおいた水出しアイスティーをグラスに注ぎ、その場で一気に飲み干した。

「はあ……美味しいー……！」

空になったグラスにもう一杯紅茶を注いで、ダイニングテーブルに座る。

朝食と夕食、顔を合わせた時に離婚の話をしているけど、相変わらず伊織さんは、応じてくれていない。

だからといって家の中に気まずい雰囲気が流れることはなくて、なんというか……伊織さんが前より積極的だ。

具体的に言うと、距離が近かったり、いつもエッチは休み前か休みの日にだけしかしていなかったのに、なんと平日にも求められるようになったのだ。

「これが最後かもしれない！」って思うと断れなくて結局しちゃうんだけど、さすがに避妊だけはして貰っている。

私は伊織さんが大好きだから、距離が近いのも、抱いて貰えるのもすごく嬉しい！

でも、今までの伊織さんと全然違うし、もしかして、私の離婚したいっていう気持ちをしぼませるためなのかな？

そう考えたら、すごく空しいし、悲しい。

でも、伊織さんが、そんなズルいことを考えたりするかな？

そうは思えないのが正直な気持ち……けれど、それ以外に積極的になる理由が思いつかないんだよね。

世間体が邪魔をしなければ、伊織さんはすぐ自由になれるのに……。

そういえば旅館に来ていたお客様の中でも、世間体が邪魔して離婚できないって話してる方が何人かいたっけ……。

どうすれば、離婚に同意して貰えるかな。

いくら考えてもいいアイディアが出てこない。でも、考えなくちゃ……何か、何かいいアイディアはないかな？

紅茶を飲みながら、スマホで検索してみる。

『離婚　同意して貰うには』『離婚　どうしたらしたくなるか』『離婚　話し合い』もう、

検索欄が離婚だらけ！

ふと、ある人のブログの記事を見つけて、指が止まる。

『結婚したばかりだったし、盛大な結婚式もしたし、両親の援助を頭金にしてマイホームも買った。でも、元妻のワガママや性癖があまりにも酷くて、嫌いになって離婚した。同棲を二年したけど、見抜けなかったんだよなぁ……マイホームは建設中だったし、結婚して一か月も経ってなかったから世間体が気になったけど、無理なものは無理だった』

——これだ！

世間体なんてどうでもよくなるぐらい嫌われたら、離婚して貰える……はず！

嫌われるのは悲しいけど、もうこれしかない。

私はその人のブログや『妻　幻滅したこと』『妻　酷い』『妻　ワガママ　許せない』で検索して、どんな妻が嫌われるかのデータ収集を始めた。

夜、玄関の開く音が聞こえて、心臓がドキッと跳ね上がる。

菫、いい？　私はワガママで、嫌な女になって、嫌われるんだからね!?

私は慌ててソファに座り、スマホを弄り始めた。

リビングのドアが開くまで、こんな感じ？　いや、もっと……と座り方がだらしなくなるようにこだわる。

「ただいま」

「お、おかえりなさい」

「会いたかったよ」

伊織さんは鞄を床に置くと、ネクタイを緩めながらソファに腰を下ろして、私の唇にただいまのキスをしてくれる。

ちなみに行ってきますのキスもしてくれる。離婚を切り出す前にはなかった習慣だ。

うう、好き……っ！　幸せ！

「あ、私も……」

……じゃなくて！　嫌われないといけないんだから、感じの悪いことを言わなくちゃ！

「……わ、私は、そ、そ、そうでもありませんでした……！　一人で楽しく過ごしてました。一人時間最高です」

嫌な言い方！　ほら、幻滅したでしょ⁉　うう……辛い。

伊織さんはにっこり笑って、私の髪を撫でてくれる。

「楽しく過ごしてたんだ。よかったよ。今日は何をしてたの？」

予想外の反応で、戸惑ってしまう。

「え、えっと、スマホで色々検索して……」

「へえ、どんなことを検索したの？」

妻のワガママを徹底的に検索していた……とは言えない。なんて言ったら、感じ悪いかな？　えーっと、えーっと……ああ、思いつかない！

「な、内緒です」

あ、これって結構感じ悪くない？

「どうして？　教えてよ」

肩を抱かれると、持っているスマホを放り投げて、自分からも抱きつきたくなってしまう。

ダメダメダメ！　私、堪えて〜〜！

「……っ……教えたくないので、教えません」

「ふふ、そうなんだ。残念だなぁ、気が向いたら教えて」

嫌な言い方をしているのに、伊織さんは穏やかに笑うばかりだった。

な、なんでっ⁉　でも、次のは絶対腹が立つはず！

「ダラダラスマホを触っていたので、ご飯作れませんでした」

どう⁉　これは腹立つよね⁉

「じゃあ、今日は外食にしようか。デートだね」

全く嫌そうじゃない……⁉

驚いて固まっていると、伊織さんが首を傾げる。

「菫ちゃん？」

「あ、いえっ！　えっと、用意してきます」

ハッと我に返り、私は逃げるように自室へ向かった。

全然怒ってなさそう！　どうして？　時間がたっぷりあるのに、遊んでご飯を作ってなかったんだよ？　これは普通怒るでしょ⁉

いやいや、こうはしていられない。早く準備しなくちゃ！

……って、そうだ！　さっき、外出時の準備にものすっごく時間をかけられると腹が立つって書いてあったのを見つけたっけ。

早速チャレンジしてみよう。空腹が手伝って、余計に腹が立つかもしれない。

……うう、疲れて帰ってきて、お腹を空かせている伊織さんを待たせるなんて！

でも、これも離婚して、伊織さんに自由な生活を送って貰うため！　伊織さん、ごめんなさい。

私はたっぷり時間をかけて準備を整え、伊織さんが待っているリビングに向かう。

「伊織さん、お待たせしました」

リビングの扉を開けると、伊織さんが座ったまま眠っていた。

時間が長すぎて、眠っちゃったんだ！

「ん……ごめん。寝ちゃった。あ、髪巻いてる。可愛いね」

怒るどころか、褒めてくれるの⁉

「私の方こそごめんなさい。準備に時間をかけちゃったから……」

「いいんだよ。むしろちょっと休めて疲れが取れた。あ、俺と出かけるためにおめかししてくれたんだ？　すごく可愛い」

無理して言っているようには聞こえない。

「じゃあ、行こうか。何か食べたいものはある？」

「えっと、魚が食べたいです」

「じゃあ、寿司なんてどう？」

「えっ！　何もない日に、そんな贅沢をするんですか⁉」

「菫ちゃんが俺と出かけるために可愛くしてくれた記念日ってことで」

「そんなので記念日を作ってたら、毎日が記念日になっちゃいますよ!?」

「あはは、それは素敵だね。さあ、行こうか」

今日は怒らなかったとしても、連続したらきっと腹が立つし、嫌気もさすよね？

私は数日同じことを続けた。でも、伊織さんは不愉快な態度を見せるどころか、なぜか嬉しそうだった。

伊織さんが怒らない理由がわかった。

伊織さんの心が広すぎる……！

もっと……もっとすごいワガママを言わなくちゃ！

第三章　初恋

〝家族〟とは、なんて空しいものだろうか。

俺の名前は、日下部伊織……大手老舗食品会社を経営する父と、女優の母の間に生まれた子供だ。

母は日下部食品のＣＭに起用されたことがキッカケで父と交際を始め、現在に至っている。

母は現在でもトーク番組で父との惚気話を語るし、父も取材されると母との話を口にするのでおしどり夫婦として有名だ。

しかし、実際は違う。

両方に愛人がいるし、家庭内では会話がほとんどない。

物心がついてからは、毎日「家であったことは、外では話さないように」ときつく言われていた。

幼い頃にはその状態に傷付き、外で仲良く振る舞う仲のいい両親の姿が、本当だったらいいのに……と思って悲しんでいた。でも、成長するにつれて、二人を見ていると愚かで滑稽だなとしか思わなくなった。

おしどり夫婦を演じているのも、ブランディングのうちの一つだった。

現にそのことで業績が伸びているのも事実だが、あからさまな仲良しアピールをするのに必死なのは、内情を知っているこちらから見るとあまりにも滑稽だった。

家族旅行も、アピールの一つだ。

毎年、家族揃って旅行をするという行為は、世間一般から見て家族仲が良く見えるらしい。

最初は海外に行っていたが、こんな二人と長時間いるのは辛かった。

近場ならまだ我慢できるが、遠出はごめんだ。

この条件を呑まないのなら、二人のことを世間にバラすと言った結果、行き先は北海道となった。

まあ、本当にバラすつもりはない。

両親の愛人のことが露見すれば、業績に関わるかもしれない。それは自分の生活を脅かすことになる。

二人は気に食わないが、不自由な生活を送るのは絶対に嫌だ。

あちこちの旅館に泊まった中で、一番趣のある老舗旅館『秋月旅館』が気に入り、毎年行くようになった。

秋月旅館は古いけどよく手入れがされていて、居心地のいい旅館だ。亡くなった祖父の家と少し雰囲気が似ていて、懐かしさを感じる。

俺の心のよりどころは、亡くなった祖父の家だった。

家にいるのが息苦しくなると、必ず父方の祖父の元を訪ねた。

祖父は優しい人で、何も聞かずに笑顔で受け入れて、俺の気が済むまでいさせてくれる。

しかし、祖父も俺が小学校に上がる頃には亡くなり、唯一の逃げ場所がなくなってしまったのだった。

まさか、こんな場所に出会えるとはな……。

秋月旅館のいいところは、雰囲気だけじゃない。

旬の素材を使った食事はとても素晴らしく、美しい自然を楽しみながら入ることのできる露天風呂は、数々訪れた旅館の中でも一、二を争う絶景だ。

家族旅行は憂鬱でしかなかったが、ここに来られるのは楽しみだった。

居心地の良さはもちろんだったが——。

「いおりさん、いらっしゃいませ」

秋月菫ちゃん、この子に会うのが楽しみだった。

秋月旅館の一人娘で、まだ小さいのに旅館の手伝いをしている。初めて見たのは、幼稚園児の時だったんじゃないかな。

従業員用の着物を身に着け、髪を結わえて小さい足でちょこちょこ歩く姿はとても愛らしくて、ここを訪れる客は皆、彼女を見て笑みを浮かべている。

「菫ちゃん、お世話になります」

「はいっ！」

俺もそのうちの一人だ。

いつもは表情の変化に乏しいのに、なぜか菫ちゃんの前では口元が綻ぶ。

どうしてだろう。菫ちゃんと同世代の子を見ても、こんな気持ちになんてなったことないのに。

うちの両親もいつもの表向きの作り笑いではなく、心から「可愛い」と言って笑っていた。

「あら、伊織、あなた子供が好きなの？　意外だわ」

「……別に好きなわけじゃないよ。ただ、あんなに小さいのに、一生懸命働いていてすごいと思っただけで」

「じゃあ、菫ちゃんが特別ということか」

「そうね。私たちにはもちろんのこと、同じ年頃の従姉妹たちにはこんな表情、見せたことがないもの」

普段は斜に構えている俺が、愛想よくしているのに驚いたらしい両親は、菫ちゃんへの態度をからかってきた。

からかわれないためには、いつもと同じ態度にすればいいのだろうけれど……菫ちゃんを前にすると、どうもそうはなれない。

菫ちゃんはそんな不思議な魅力がある子だった。

「菫ちゃん、きっとあっという間に大きくなるわよ。女の子の成長は早いもの」

母の言っていたことは本当だった。菫ちゃんは会うたびに成長著しく、一生懸命仕事を頑張っていた。

大学を卒業して社会人になってからは、ようやく家族旅行から解放されたが、俺は一人でも秋月旅館に行くようになった。

ちなみに両親もだ。よほど秋月旅館が気に入ったらしい。俺は二人と顔を合わせたくないから、必ず時期はずらして足を運ぶようにしていた。

「伊織さん、いらっしゃいませ。寒くて驚かれましたか？　今年はいつもの年よりずっと冷え込んだんです。でも、寒い中浸かる露天風呂は格別ですよ」

「菫ちゃん、今年もお世話になります。そうだね。寒くて驚いた。毎日こんな寒い中で暮らすのは大変だろう？」

「慣れているので大丈夫ですよ。それに私、冬は好きなんです」

「そうなの？」

「はい、キンと冷えた空気とか、雪に音が吸収されるから、普段より静かに感じるところとか……あ、真っ白な地面を見てると私、どうしても生クリームに見えちゃって、ショートケーキが食べたくなるんです」

そう言って笑う菫ちゃんは、春の陽だまりのようだった。

俺は東京に戻っても、時折その笑顔を思い出しては、秋月旅館に行ってまたあの笑顔を見たい。彼女と話したいと思っていた。

当たり前のように秋月旅館があって、当たり前のように菫ちゃんが迎えてくれる。そんな温かく幸せな日々がいつまでも続くと思っていた。

いつまでも……なんて、ありえないことなのに。

ある日のこと、俺は父親に「大事な話がある」と言って呼び出された。

大学を卒業してからというもの、早くしかるべき家の女性と結婚しろと言われて、ずっと無視していたがその話だろうか。

過去に何度か言い寄られて恋人を作ったこともあるが、必ず面倒になって別れてしまう。

誰かと一緒にいると空しい感情が押し寄せてくるので、一人でいるのが気楽だった。

結婚なんて俺にはとてもじゃないが無理だ。誰かと一緒に暮らすなんて、想像するだけで息苦しくて仕方がない。

うちの会社に就職するのは嫌だったし、跡を継ぐ気もなかったが、世話になった祖父の遺言だったので入社を決めた。

しかし、やれ跡継ぎを作れ、やれ結婚と毎日のように言われ、うんざりしていたし、入社したことを後悔した。

血の繋がった跡継ぎが必要なら、親戚の誰かを養子に取ればいい。

株式会社日下部食品のトップの座が欲しい人間はいくらでもいるはずだ。そのうち諦めてくれるだろう。

「伊織、秋月旅館が近いうち倒産するそうだ」

「え……？」

驚いた。秋月旅館は不幸が続いたことで経営破綻寸前まで陥っていて、すぐに二億が必要らしい。

「お前は秋月旅館を気に入っていたから辛いだろう。私も悲しいよ。あそこは何度行っても飽きない旅館だからな。……そこでだ」

父が出した条件は、秋月旅館を救うために無利子・無担保・無期限で二億円を貸す代わりに、俺と菫ちゃんが結婚することだった。

まさか、こう来るとは思わなかった……。

「お前が結婚しないというのなら、秋月旅館には申し訳ないが、この話はなかったことにしよう」

そうまでして、俺を結婚させたいのか？　世間体が大事なこの人らしいと言えば、らしいけど……。

気に入っているとはいえ、他人の家の話だ。自分が助ける義理はない。しかも、自分の人生をかけてまで。

――秋月旅館がなくなったら、菫ちゃんは悲しむだろうな。

菫ちゃんが泣いている姿を想像したら、胸が苦しくなる。

どうしてだろう。年に二度程度しか会わない女の子なのに、どうしてこんな感情を抱くのだろう。

あの子が笑ってくれているのなら、自分の人生をかけてもいいと思える。

でも、菫ちゃんは？　好きでもない男と結婚させられてまで、あの旅館を救いたいと思うのか？

俺が今自由に動かせる金は、二億に届かない。俺がすでに跡を継げていたら……いや、たらればを考えていても仕方がないな。

「わかった。でも、菫ちゃんに無理強いをしないことだけは約束してくれ」

秋月旅館からの返事が来るまで、菫ちゃんとの結婚生活を想像してみたが、不思議と嫌悪感はなかった。

あんなに誰かと暮らすことも、家族ができることも嫌だったのに、あの子がいたら……と思うと、ちっとも嫌じゃない。

どうしてだろう――。

俺がその答えを見つけるよりも先に、秋月旅館から了承の連絡が来た。

……本当にいいのか？

娘に無理強いするような両親には見えなかったが、経営が絡んでいるとなれば話は別だろう。

菫ちゃんは内心嫌だと思いながらも、故郷を捨てて、七つも上の俺の嫁になるんじゃないか？

電話で菫ちゃんに確認したけれど、声のトーンだけじゃ本心が汲み取れないかもしれない。

ちょうど冬休みに入るし、直接顔を見て話したいと秋月旅館を訪ねた。

関係性も変わったし、前みたいには笑いかけてくれないだろうな……。

家のためとはいえ、自分から未来を奪った男に笑いかけられる人間が、どこにいるだろう。よほどのお人好しでも無理じゃないか？

彼女の引き攣った表情を想像したら、胸が締め付けられそうになる。

なんだこの気持ちは……。

今までの人生の中で、人に嫌われることは何度もあった。その時は全く何も思わなかったのに、どうしてこんなに辛く感じるんだろう。

旅館の前に到着してタクシーを降りると、菫ちゃんのご両親が氷点下の気温の中、上着も羽織らずに待っていてくれた。

「伊織さん、ようこそいらっしゃいました。お待ちしておりました……！」

一体いつから待っていてくれたのだろう。寒さのあまり顔も指先も赤くなり、俺の顔を見ると仏にでも会ったかのように涙ぐんだ。

「秋月さん、今年もよろしくお願いします。いつから待ってくださってたんですか？　気を遣わせてしまってすみません。風邪を引いてしまいますよ。早く中に入って温まってください」

「いえいえ！　寒さには慣れていますから。伊織さん、いらっしゃいませ。このたびは本当にありがとうございます。伊織さんのおかげで、秋月旅館は潰れずに済みます」

「伊織さん、いらっしゃいませ。お気になさらないでくださいね。私たちがそうしたいだけなんですから。今年もお休みに当旅館を選んでいただき、ありがとうございます。娘をどうかお願いしますね」

少し離れたところで、菫ちゃんが他のお客さんの接客をしている。きっと彼女も待っていてくれたのだろう。ご両親同様に顔も指先も赤い。

待っていたら、他のお客さんに捕まったんだろうな。

別の従業員が変わってくれたタイミングで、菫ちゃんがこちらに気付いて、小走りで来てくれる。

「伊織さん、いらっしゃいませ」

菫ちゃんは、俺の顔を見ると頬を染め、気恥ずかしそうに笑ってくれた。その表情からは俺への憎悪は全く感じられない。

「……菫ちゃん、今年もお世話になります」

「飛行機がちゃんと飛んでよかったです！　昨日は大雪が降ったから飛行機も飛ばないし、ＪＲも止まっちゃって大変だったんですよ」

「タイミングよく来られてよかったよ」

どうしてだろう。

嫌われていないなさそうなのはよかったが、どうしてこんな表情を見せてくれるんだろう。

部屋に案内された後、菫ちゃんがいつものようにお茶を淹れてくれる。

「今、お茶を淹れますね」

「ありがとう」

ああ、彼女の笑顔をまた見ることができてよかったと、心から思う。

「菫ちゃん、ごめんね」

「え？」

菫ちゃんは驚いて、お茶を淹れる手を止めて目を丸くする。

「菫ちゃんは可愛いから、当然彼氏もいるだろうし、その人と引き裂く形になったんじゃないかって申し訳なくて。もし嫌なら、正直に教えて。結婚がなくなっても、援助できるようになんとかするから」

菫ちゃんは年頃だ。彼氏がいてもおかしくない。でも、口に出すと、モヤモヤするのはどうしてだろう。

「か、彼氏なんていないです！　私、ずっと……小さい頃からずっと伊織さんが好きだったから……っ」

あまりに驚いて、一瞬言葉が出てこなかった。

「菫ちゃんが、俺を？」

「は、はい……」

菫ちゃんの顔や耳が赤くなる。気恥ずかしいのか、俺とは決して目を合わせないようにしていた。

菫ちゃんが俺を好き――。

なんだ、この気持ちは……。

心の中が温かい。俺は嬉しいと思っているのか？

今までの人生の中で女性から告白されることもあったが、ただ好意を持たれているという事実が脳に刻み付けられるだけで、嬉しいなんて思うのは生まれて初めてだった。

小さい頃から？　全然気が付かなかった。そんなに前から俺のことを好いてくれていたなんて……。

「全然気付かなかった。……そっか、じゃあ、よろしくって言ってもいいのかな？」

「はい、よろしくお願いします……っ！」

そう言って笑う菫ちゃんに思わず見惚れ、目が離せなかった。

菫ちゃんと暮らすことを想像しても嫌悪感はなかったが、実際に暮らし始めたら嫌だと思うんじゃないかと心配していた。

でも、彼女との生活は、不満など一つも感じなかった。

家に彼女がいると、部屋の中に春が来たみたいだった。いや、四月に結婚したから実際春なんだけど、季節が変わろうとも、ここだけはずっと春だ。

「伊織さん、お仕事お疲れ様です」

「ありがとう」

菫ちゃんは毎日笑顔で、俺を温かい食事を作って待っていてくれる。

実家で暮らしていた時は帰るのが憂鬱でしかなくて、一人の時はなんとも思わなかった。

でも、今は帰るのが楽しみになっていた。

「もう冬は終わりましたけど、今日は少し肌寒かったのでお鍋にしてみました。伊織さん、ごまが好きだって言ってたから、ごま豆乳味噌鍋にしてみました」

「美味しそうだね。食べたことないから楽しみだな」

董ちゃんの料理はどれも美味しく、俺の好みを覚えては料理に取り入れてくれるのが嬉しい。

「あ、こういう味なんだ。すごく美味しいよ」

実家にいた頃に何度か鍋はしたことがあるが、特に美味しいと思わなかった。でも、菫ちゃんと食べる鍋はとても美味しい。

「よかったです！　締めは、うどんと雑炊どっちにしますか？」

嬉しそうに鍋を食べる菫ちゃんが可愛くて、思わず口元が綻んでしまう。

「迷うね。菫ちゃんはどっちがいい？」

「え～！　どうしよう。迷っちゃいますね。……うーん、最初にうどんを食べれば水分が残るから、雑炊もできますよね。でも、どっちもだなんて太っちゃいますね。どっちかにしないと……」

菫ちゃんは楽しそうに笑いながら悩んでいた。

「菫ちゃん、鍋好き？」

「はい、好きになりました。美味しいですし、楽しいですね。私、誰かと鍋をするのって初めてなので、今日はずっと楽しみだったんです」

「え、そうなの？」

「はい、実家だと家族全員で一緒に食事をするってないんですよね」

「ああ、そうか。みんな働いていて、忙しいもんね」

「そうなんです。それぞれ空いている時間にサッと済ませるので、鍋は食べる機会がなくて……だから、家族でこうして揃って一緒にご飯！　っていうのに憧れてたんです」

少し寂しそうに笑う菫ちゃんを見ていたら、抱きしめたくなった。

家は不仲な両親を見るのがうんざりだったから、別々で食べたいと思っていたが、菫ちゃんは家族仲がいいと聞いている。

きっと、寂しいと思う日もあっただろう。

過去に戻れるのなら、寂しい思いをしている彼女と一緒に食事をしたいなんて考えてしまう。

「これからは、憧れを毎日現実にして、当たり前にしよう」

自然とそう言っていた。

言った後に恥ずかしくなったが、それを悟られるのは余計に恥ずかしいので、微笑むことに徹する。

「え……」

「なんて、俺でよければだけど」

すると菫ちゃんは満面の笑みを浮かべた。

「はい！　ありがとうございます。ずっと一緒にご飯を食べてくださいね」

ああ、そうか。この子と一緒に生きていくんだ。

授かりものだし、体質もあるからどうかわからないけれど、そのうち子供もできるかもしれない。

この食卓に俺と菫ちゃん、そして子供たちが座って食事をする姿を想像したら、なんだか胸が温かくなった。

幼い頃の自分みたいな思いをさせたくないから、子供なんていらない。そう思っていたのにどうしてそんなことを想像してしまうんだろう。

今日は近所で綺麗な花が咲いているところを見つけた。

可愛い赤ちゃんを連れた女の人が歩いていた。

散歩中の犬がこっちを向いて、尻尾を振ってくれた。

彼女がしてくれるそんな他愛のない話が好きで、毎日が楽しくなった。

「今度の休み、買い物に行こうか。そろそろ夏物も買わないと」

「えっ！　いえ、大丈夫ですよ。持ってますし、そんな無駄遣いをするわけにいかないです」

菫ちゃんはいつも遠慮がちで、何か買って欲しいと強請られたことは一度もない。

もっとワガママを言って欲しいんだけどな……。

それから性生活も、自分が驚くこととなった。

自分は性欲が少ない方だと思っていた。

気まぐれで付き合った女性とセックスするのが心底面倒だと思っていたし、溜まったものを自己処理するのも怠いぐらいだ。

すればそれなりに快感はあるが、それを得るための過程があまりにも面倒すぎた。

スキンシップもあまり好きじゃない。

抱きしめて欲しいと言われるたびにうんざりしていたし、キスも好きじゃない。

相手が化粧を落としていない時なんて最悪だ。口紅が唇について気持ち悪いと思って、今までの人生では極力避けてきた。

潔癖気味なんだろうか。ディープキスもそうだが、オーラルセックスがとにかく嫌だった。

でも、菫ちゃんが相手だと全く違う。

「菫ちゃん、可愛いね。おいで」

「あ……っ……は、はい」

照れながら俺の腕の中に来る菫ちゃんが可愛くて仕方がない。

抱きしめるといい香りがして、その香りを胸いっぱいに満たすのが好きだ。柔らかくて、温かい。ずっとこうしていたいと思う。

名残惜しさを感じながら身体を離し、俺を見上げた菫ちゃんの唇を奪った。

柔らかくて、ふかふかで、口紅を塗っていようが関係ない。ずっとこうやって唇の感触を堪能したいし、舌を入れるのも大好きだ。

「ん……ふ……んぅ……」

気持ちよさそうに息を漏らすのを聞くのも好きだし、ゾクゾクして興奮する。そして彼女とのセックスにも俺は溺れていた。

新婚旅行中は自制が利かなくて毎日求めてしまったが、日本に帰ってきてからは休みの前の日や休みの日だけにとどめるようにした。

正直、毎日でも抱きたい。でも、それはさすがにがっつきすぎて格好悪いんじゃないかと我慢している。

自分がこんなに性欲が強かったことも、女性に格好つけたいと思っていることにも驚いてしまう。

「脱がせるね」

菫ちゃんを裸にするのが好きだ。

女性の服を脱がせるなんて面倒だと思っていたのに、彼女に至っては全くそんなことを感じたことがない。それどころか楽しみでしようがなかった。

ベッドに押し倒すと、菫ちゃんは潤んだ目で俺を見つめる。

キスをした後の菫ちゃんの目、可愛いな……。

胸に触れると、菫ちゃんがビクビク身体を揺らす。

「ぁ……んん……伊織さん……」

「可愛い声だね。もっと聞かせて」

「や……やだ……恥ずかしいです」

普段可愛い菫ちゃんが、こういう時に出す声はとても色っぽくて、もっと聞きたいと思う。

菫ちゃんの白い肌にキスするのが好きだ。

撫でるのもいい。しっとりしてスベスベなのは、彼女が毎日温泉に浸かっていたからだろうか。こうしてずっと撫でていたい。

「ン……くすぐったい……です……ぁんっ……や……んっ……伊織さん、だめ……」

「ふふ、菫ちゃんは敏感だもんね」

豊かに育った膨らみを揉み始めると、淡い色の乳首がツンと尖って手の平を押し返してくる。

「そ、そう……ですか？　ぁんっ……んんっ」

乳首を指先で少し弄っただけで、菫ちゃんがビクッと反応する。

「ぁんっ！」

「そう、特にここかね」

「そ、そこは……だって……ぁ……んっ……！　や……そんなに触っちゃ……ぁんっ」

感じる菫ちゃんを見ていると、もっと気持ちよくさせたくなる。

指先で弄りながら、反対側を唇に挟んで舌で撫でると、さらに感じた菫ちゃんがビクビク震え、可愛い声を上げた。

ああ、堪らない……。

声を聞かれるのが恥ずかしいのか、我慢しようとして手で押さえているのが可愛い。

こうされると、余計に喘がせたくなるんだよな……。

乳首をたっぷり堪能した後は、足を左右に開かせた。薄暗くても愛液でたっぷり濡れていた。

もっとじっくり見たいから明るくしたいけど、そう言って引かれたら嫌だから自重していた。

でも、いつか明るい中でしたいと思っている。

顔を近付けると、クリがヒクヒク疼いているのがわかる。

指で割れ目の間を広げ、剝き出しになったクリをペロリと舐めると、菫ちゃんがビクッと身体を引き攣らせた。

「ぁんっ！」

「ここが一番敏感だよね。いっぱい気持ちよくしてあげるよ」

舌を動かすと、菫ちゃんが気持ちよさそうな声を出す。

どんどん溢れてくる愛液をすすりながら、俺は夢中になって彼女の割れ目の間を舐めた。

あんなに嫌だったオーラルセックスなのに、菫ちゃんが相手だと嫌どころか、こうして舐めさせて貰うのが嬉しくて仕方がない。ずっとこうしていたいぐらいだ。

菫ちゃんは俺と結婚するまで、オナニーもしたことがないらしい。

何も知らない菫ちゃんに快感を教えるのも、覚えてくれるのを見ているのも楽しかったし、戸惑いながらも感じる姿にものすごく興奮した。

「ん……ぁっ……イッちゃ……ぅ……ぁんっ……あっ……あぁぁ……っ」

一際大きな嬌声を上げ、菫ちゃんは絶頂に達した。

身体を起こして、菫ちゃんの姿を見下ろす。

「……っ」

快感に痺れている彼女はあまりにも色っぽくて、思わず見惚れた。

今まではハメ撮りをする人間の気が知れなかったが、今は少し気持ちがわかってしまう。

いや、嫌がられそうだから、絶対に言えないけど。

痛いほど硬くなった股間を取り出し、すぐに挿れたい気持ちを抑えてコンドームをつける。

生活に慣れるまでは子供ができないように避妊しようと提案したのは、俺の方だ。聞こえはいいかもしれない。でも、自分のためでもあった。

子供ができて、その子供に自分と同じ思いをさせたくない。そして自分も親と同じようになりたくない。だから先延ばしをする言い訳でもあった。

でも、今はその日が来るのが待ち遠しい。まさか自分の考えがこんなに変わるだなんて思わなかった。

いつ子供ができてもいいけど、まだ二人きりでいたい気もする。

菫ちゃんと結婚できたこと、これだけは両親に感謝したい。あの二人がお膳立てをしなければ、彼女とこうしていられなかっただろう。

愛液を溢れさせる膣口に欲望の先を宛がい、菫ちゃんの耳元に唇を寄せる。

「菫ちゃん、挿れていい？」

「……っ……ン……は、はい……挿れて……くださ……ぃ……」

もう、経験を重ねて痛みを感じなくなった今、聞かなくても挿入してもいいことはわかる。でも、『挿れて』という言葉が聞きたくて、いつも聞いてしまう。

一気に挿れたくなる気持ちを抑え、ゆっくりと彼女の狭い中を押し広げていく。

「ぁ……あぁ……っ」

ギュッと締め付けられると、気持ちよくて声が出そうになる。

「ン……菫ちゃんの中……あったかくて、気持ちいい……ね……」

「私も……気持ちぃ……です……は……ぅ……んん……」

初めての時は押し返されてしまいそうなほどきつかったけど、今は俺のに馴染んで、入れると包み込んでくれていた。

俺の……俺だけの……。

その事実に興奮して、強い酒を飲んだ時のように頭がクラクラした。

奥まで挿入した後、すぐに動きたくなるのを我慢してジッと黙る。すると早く動いて欲しいのか、菫ちゃんの腰が揺れた。

焦れた彼女の表情を見るのが好きで、つい意地悪をしてしまう。

「ふふ、動く……ね」

「は、はい……ん……っ……ぁ……あぁん……っ」

俺の背中に手を回してしがみつき、気持ちよさそうに喘ぐ菫ちゃんが可愛い。

セックスがこんなに楽しくて、興奮できて、夢中になれるものだなんて衝撃だった。

「菫ちゃん……可愛いね。キスさせて……」

「んぅ……ん……んん……」

菫ちゃんの中に入れながら、キスするのが好きだ。感触も、キスした時のトロンとした彼女の顔を見るのもいい。

キスなんて必要最低限しかしたくないと思っていた俺が、こんなに積極的にするようになるなんて……。

少しでも気を抜くと、欲望のまま激しく突き上げてしまう。

ああ、ずっとこうしていたい……。

「ぁ……っ……ん……伊織さん、私……また……」

二度目の絶頂が近付いてきて、菫ちゃんの中が強く収縮し始めた。中から吸われているみたいで、強すぎる快感が襲ってくる。

「………っ……俺も……そろそろ、イキそうだ……」

あまりによくて、情けないことに少し声が震えた。

格好悪いな。いつも余裕な大人を装っていたいのに……。

お互いの絶頂に向けて激しく突き上げると、菫ちゃんが俺のをギュウギュウに締め付けながら快感の高みへ昇りつめる。

より強く締め付けられたことで、俺も絶頂に達した。

危なかった……。

もう少しで、先に出てしまうところだった。

よかった。菫ちゃんを先にイかせることができて……気持ちよくなって欲しいからな。

今までこんな気遣いを考えたことなんてなかった。

菫ちゃんは不思議な子だ。どうして彼女だけは特別なんだろう。

早ければ幼稚園児だって気付く感情に、その時の俺はまだ、気付けていないままだった。

「ん？」

ある日のこと、仕事中に菫ちゃんからメッセージが送られてきた。

珍しいな……。

仕事中に私用のメッセージが届くと煩わしいと思うのに、菫ちゃんが相手だと嬉しく感じる。

いつもは後回しにするところだが、彼女のメッセージはすぐに確かめたいので即座に開く。

『大切なお話があります。時間を作って貰えますか？』

大切な話？

どうしたんだろう。まさか何かあったのだろうか。

電話をかけるか迷ったが、ひとまず何かあったのかとメッセージを送ってみる。すぐに既読が付いて、返信がきた。

『心配しないでください。ポジティブなお話なので、きっと伊織さんも喜んでくれると思います』

尻尾を振る犬のスタンプも一緒に送られてきた。

ポジティブな話？　何かあったわけじゃなくてよかった。でも、なんだろう。

スマホを見たまま考えていると、秘書の高田に呼ばれた。

「社長、すみません。少々よろしいでしょうか」

「ん？　どうかした？」

「実は妻の陣痛が始まって病院に向かっていると連絡がありまして……」

「それは大変だ」

「はい、予定日はまだ先で、動揺しておりまして……ああ、それでなんですが……」

「もちろん、早退して構わないよ。奥さんに付いていてあげなさい」

「ありがとうございます！　では、失礼いたします」

高田は深く頭を下げ、足早に部屋から出て行った。

不妊治療をしてようやくできた子供だって言っていた。出産は何日もかかるって聞いたことがあるし、明日も休んでいいって連絡しておくか。

——ポジティブな話って、もしかして、菫ちゃんも？

避妊はしていたけど、コンドームでの避妊は百パーセントじゃないと聞いたことがある。可能性がないわけじゃない。

想像したらあまりに嬉しくなって、もう居ても立ってもいられなくなった。今日どうしてもやらなければいけないことだけを片付けて、早めに帰る準備をする。

帰りの車の中で花屋を見つけ、こういう日には花束だろうと思い、薔薇の花束を買ってみた。

そういえば花を貰うことはあっても、誰かにあげるなんて初めてだ。

しかし、菫ちゃんの言うポジティブな話は、俺の予想とはまるで違うものだった。


「お金をお返しします。だから、離婚してください」


その言葉を聞いた時、頭を鈍器で殴られたような気分になった。

どうして……俺のことを好きだって言ってくれたのは、嘘だったのか？　いや、自分では気付かないうちに何か仕出かして、嫌われてしまったのだろうか。

「どうして？　俺のことが好きじゃなくなった？」

「いえ！　大好きです。だからこそ、伊織さんには自分の思うように生きて欲しいんです……」

嘘でも嫌われてもいなかったことに安堵し、そこで初めて自分の中に芽生えていた気持ちの正体を知った。

そうか、これが恋愛感情だったのか。

生まれて初めて告白をしたけど、信じて貰えている様子がなかった。

俺を嫌いではないけど、俺に気を遣って離婚がしたいってことだよな。どうする？　どうしたら離婚されずに済む？

今、菫ちゃんは俺が秋月旅館を助けるためだけに、彼女と結婚したと思い込んでいる。そこに突然好きだなんて言っても、信じて貰えない。当然だ。

俺が菫ちゃんを好きだって、ちゃんと伝わるように努力しよう。そうすれば、離婚する気もなくなるかもしれない。

俺の気持ちがちゃんと伝わったら、改めて話し合おう。キミのことがどれほど好きで、俺が今どれだけ幸せなのかを——。

「……エッチ……したいれす」

そう思っていたのに、酔って誘う菫ちゃんを目の前にしたら理性が飛んだ。

「俺の子供、産んでくれる？」

初めてコンドームなしで入った菫ちゃんの中はあまりにもよくて、俺は夢中になって彼女を求めた。

まさか、夢だと思われているとは……。

菫ちゃんのことが好きだと自覚した日から、俺は必死に自分の気持ちが伝わるように彼女に好きだアピールを始めた。

格好つけるのをやめて、抱きたい時には抱きたいと言うようになった。

ちなみに酔っている時に避妊しなかったことを当たり前だけど怒っているみたいで、入れる前にコンドームをつけて欲しいと必ず言われるようになってしまった。とんだ失態だ。

前まではくっ付きたくても適度な距離を置くようにしていたが、今は我慢せずにしょっちゅう菫ちゃんに触れている。

それでも俺の気持ちはまだ伝わっていないようで、菫ちゃんは毎日離婚しようと言ってきて正直落ち込んでしまう。

でも、一つ変わったことがある。

「伊織さん、私、先週買って貰った服、もう……あ……あっ……あきっ……飽きちゃいました。新しいのが欲しいです。か、買ってください！」

それはなんと、菫ちゃんが俺におねだりをしてくれるようになったのだ。

「もちろんいいよ。次の休みに外商を呼ぼうか」

「えっ……せ、先週買ったばかりなんですよ？　それなのにいいんですか!?　先週ですよ!?」

叶えてあげようとすると遠慮するけど、これは大きな進歩だ。

今日は料理をしたくないと甘えてくれるようにもなって、すごく嬉しい。

これは心を許してくれたってことでいいんだろうか？　……いいんだよな？

よし、これからも頑張ろう。

第四章　嫌われなくちゃ！

「困ったなぁ……」

　ワガママを言って嫌われるはずが、伊織さんの心が広すぎて全部受け入れられてしまう！

　他に嫌われる方法をネット検索しながら考えてみた。でも、全然思いつかなくて、親友に相談してみることにした。

　相談相手に選んだのは、もちろん三浦（みうら）あかね、小学校の時に席替えで隣の席になったのがキッカケで友達になり、親友になった。

　私が長年、伊織さんに恋していることも当然知っている。

　結婚することが決まった時には、泣いて喜んでくれて嬉しかったなぁ……。

だからこそ、伊織さんに嫌われたい……とは言いにくいし『こっちでできた友達が、旦那さんに嫌われたいんだって。どうしたらいいかな？　色々ワガママを言ってみたけど、全然嫌われないいんだって』とフェイクを入れて聞いてみた。

すると『私の友達の話なんだけど、彼氏がアポなしで家に来た時にしまい忘れた大人のおもちゃを見られちゃって、ドン引きされて振られたらしいよ』と返事が来た。

大人のおもちゃ……！　なるほど、そういうので嫌われることもあるんだ⁉

じゃあ、私も買って、伊織さんに見られそうなところに置いて……。

「い、いやぁぁぁ……っ！」

想像したら、恥ずかしすぎて頭を掻きむしりたくなった。

や、やだ、そんなの見られたら、そういうのを使ってるって思われるってこと⁉

それって私がすごくエッチな女の子みたいじゃない⁉

いや、そう思わせたいんだけど、でも……っ！

実際に手に取って買うのは恥ずかしいので、通販で買ってみた。伊織さんがいない時間を狙って届くように指定したけど、ソワソワしてしまう。

万が一伊織さんがいる時に届いて、こんなものを買ったって知られたら……って、いやいや、知らせないといけないいんだけど、でも……！

頼んだ翌日の昼、すぐに大人のおもちゃが届いた。

何を買ったらいいかわからなくて、購入ランキングの上位にあったのを適当に買ってみたんだけど、ピンク色で、そこまで大きくないのにものすごい存在感だ。

説明書を見ると、クリトリスを吸引するための道具だと書いてある。恐る恐るスイッチを入れてみると、もうすでに充電されているようで動き出した。

「ひぇっ！」

思わず変な声が出てしまった。

別に悪いことなんてしていないのに、とんでもない背徳感を覚える。

「こ、これを……えーっと、どこに置いておこう」

あちこちに置いては回収することを繰り返し、最終的に一番気付いて貰えそうなリビングの床に置いておいた。

最初はテーブルの上に置いたんだけど、なんだか居たたまれなくて床に置くことにした。リビングで使って（使ってない！）、しまい忘れた……という設定にしようと思っている。

「菫ちゃん、ただいま」

「お、おかえりなさい。今日は暑かったので、トマトと生ハムとアボカドの冷製パスタにしましたよ」

「美味しそうだね。楽しみだよ」

あれに気付いたら、伊織さんの視線はこの氷でキンキンに締めたパスタよりも冷たいものになるはずだ。

「ご馳走様、すごく美味しかった。片付けは俺がやるから、菫ちゃんは休んでて」

「あ、いえ、私がやりますから、伊織さんはゆっくりしてください」

気付いてないみたい……。

「じゃあ、二人でやろうよ。その方が一緒にいられて嬉しいし」

片付けと言っても食器洗浄機があるから、すすいで洗浄機に入れるだけなんだけど、二人でやるとなんだか楽しい。

「すぐお風呂に入りますか？」

「そうしようかな。一緒に入ろうよ」

「そ、それはちょっと……ごめんなさい」

最近、伊織さんはこうしてお風呂に誘ってくるようになった。

暗いところで裸を見せるのも恥ずかしいのに、明るいところで……しかもそういう雰囲気じゃないのに見られるのは無理！　恥ずかしすぎる！

伊織さんはその後も大人のおもちゃに気付かなかった。

お風呂から上がった後はリビングのソファに座って読書をしていたのに、目と鼻の先にある道具について何も聞いてこない。

どうして⁉　ホワイトグレーのフローリングに、真っピンクのアダルトグッズだよ⁉

「俺はそろそろ寝ようかな。菫ちゃんは？」

「あ、私はもう少しだけ起きてようかなと」

「そっか、じゃあ、おやすみ」

「はい、おやすみなさい」

伊織さんがリビングから出て行ったのを見計らい、アダルトグッズを拾ってソファに腰を下ろす。

どうして何も言ってくれなかったんだろう。

「……美顔器と思われたとか？」

アダルトグッズっていう先入観があるから、私にはそういうものにしか見えないけれど、美顔器に見えなくもない。このクリトリスを吸引するところが、角質を吸い取るところ……みたいな。

……それとも、見て見ぬふりをしてくれたとか⁉

「〜〜……っ！」

それは、辛い！　その優しさは残酷すぎる！

どうか前者でありますようにと大人のおもちゃを握りしめていたら、リビングのドアが開いた。

「えっ⁉」

咄嗟に背中に隠してしまった。

な、何やってるの、私！　見せて、嫌われるんでしょ⁉

でも、今さら出すのはなんだか……。

「い、伊織さん、どうしたんですか？」

冷や汗をかきながら尋ねると、伊織さんがにっこりと笑う。

「あ、少し早かったかな」

「え？　な、何がですか？」

「少し経ってから来たら、菫ちゃんがオナニーしてるところが見られるのかな？　って期待してたんだけど、あまりに楽しみで早く戻ってきすぎたね。それ、どうやって使うの？」

「えっ⁉　ち、違っ」

「違うって何が？」

伊織さんは私の隣に座ると、膝の上に手を乗せてくる。

そうだ。違わなかった。使ってるって言わないと！　引いて貰わないと！

「……っ……あ、あの……っ……今日買ったばかりなので、知りません！」

私の馬鹿――……！

羞恥心に阻まれ、嘘を吐いてしまった。

「そうだったんだ。じゃあ、これから初めて使うところだったのかな？」

「ちっ……違います……っ！　こ、これは……」

あぁ……っ！　ダメダメ！　そうだって言わないとダメじゃない！

でも、伊織さんを目の前にして、彼に見つめられるともう、穴があったら入りたくなる。

「これは？」

何も言えなくなると、伊織さんに唇を奪われた。

「……っ……ン……んん……」

だんだん深くなっていくと力が抜けて、気が付くと大人のおもちゃから手を離していた。

「俺との夜の生活が不満で、こういうのを使ってみようと思ったの？」

「ち、違います。不満なんて持ったことないです」

「セックスの頻度が少なかったかな？　もっとしたい日があった？」

恥ずかしすぎて、伊織さんの顔が見られない。

「じゅ、十分……です」

「じゃあ、どうしてこういうのを買ったの？」

もう、許して――――……！

嫌われるために……なんて、ネタ晴らしをするわけにはいかない。

だって、ここまで恥ずかしい思いをしたんだもん！　挽回しないと！　菫、恥を捨てて！　頑張れ！

「そ……」

「そ？」

「……っ……伊織さんには内緒にしていましたが……そ、そ、そ、そういうことに！　ものすごく興味があるからです！」

伊織さんが、言葉を失うのがわかった。

これは、引いて……る!?　恥ずかしいけど、大好きな伊織さんを自由にするためだ！

頑張れ私！　恥をもっと捨てるの！

「そうだったんだ」

「は、はい……だから、不満とかそういうんじゃないんです……ほら、満腹になっても、甘いものだけは食べられたりするじゃないですか？　あれと同じです」

　恥ずかしさのあまり頭が真っ白で、何を言っているのかわからなくなってくる。

「そうだね。確かにデザートは別腹だったりするね。……もしかして、俺がこういうの嫌いだと思って内緒にしてた？」

「えっ？　えっと、そう、ですね」

　すると伊織さんは私のTシャツの上から、ブラのホックを外した。

「！　い、伊織さん？」

　戸惑っていると服の中に手を入れられ、直に胸を揉まれた。指が食い込むたびに、感じてビクビク身体が揺れる。

「ぁ……っ……い、伊織……さん？」

「嫌いじゃないよ」

「……えっ？」

「今までこういうものに興味を持ったことはなかったんだけど、菫ちゃんとなら、すごく使ってみたいと思うよ」

「ええっ!?」

「せっかくだし、これから一緒に使おうよ」

「……っ⁉」

嘘でしょう⁉

え、何？　この展開！

「あれ、一人で使いたかった？　じゃあ、俺は傍で見させて貰おうかな」

「い、いえ、そういうわけじゃないですっ！」

「よかった。……ところでこれ、何？　どうやって使うもの？」

「ま、待ってください。伊織さん、引いてないんですか？　私が……その、こういうのに興味があるっていうことに対して……」

「全く引いてないよ」

そ、そんな――……！

内心引かれていないことにホッとしてしまうあたり、まだ覚悟が足りてないのかもしれない。

ていうかこれって、恥のかき損⁉

ただ、大人のおもちゃに興味があるエッチな女の子だと思われちゃっただけってこと⁉

そ、そんなぁ……！

「俺が菫ちゃんに引くなんてありえないよ」

伊織さんの心は、どれだけ広いのだろう。

恥ずかしさでどうにかなりそうだと思っていたら、私の落とした大人のおもちゃを伊織さんが拾い上げた。

「それで、これは、なんのおもちゃ？　何するもの？」

「そ、それは……ク……」

言えない……！　伊織さんを前にして、そんなエッチな単語は言えない！　引かれるなら頑張って言えるけど、伊織さん引いてないし……！

「ク？」

伊織さんは首を傾げ、スイッチを入れた。小さなモーター音が聞こえると、大きな羞恥心が襲ってくる。

ああ、時間を戻せたら……なんて、絶対に叶わないことを考えてしまう。

伊織さんは大人のおもちゃをまじまじ見ながら、尖った部分に指で触れる。

「あ、すごい。吸い込まれる。…………あ、わかった。クリトリスに宛がうものかな？」

「……っ」

正解されてしまった。

「当たりみたいだね。楽しみだな。宛がったまま挿入してもよさそうだね。菫ちゃん、クリ弄られながら、中ズポズポ突かれるの好きだし」

「や……そ、そんなこと言わないでください……」

「ふふ、恥ずかしいんだ？　可愛いね」

伊織さんはクスクス笑いながら、私の服を脱がせていく。

「あっ……伊織さん、ここで……ですか？」

「うん、しよう」

いつもはどちらかのベッドでするから、リビングでなんて初めてだ。

「じゃ、じゃあ、電気……っ……明かりを消させてください」

「暗いとおもちゃが見えないから、このままましょう？　ね？」

「……っ……は、恥ずかしいです……」

「俺も恥ずかしいから、お揃いだね」

そう笑う伊織さんは、ちっとも恥ずかしがっているように見えなかった。

露わになった胸や秘部に、伊織さんの視線を感じる。

「……っ」

さっき触れられたせいで、もう胸の先端が起っていて、ますます羞恥心を煽られた。

「ふふ、顔も身体も赤いね。可愛いな」

伊織さんは私の上に乗ると、キスをしながら胸の先端を指先で弄ってくる。触れられるたびに硬くなって、敏感になるのがわかった。

舌も、乳首も、気持ちいい――……。

「ん……んん……っ……」

まだ触れられてもいない秘部が熱くなって、そこへの刺激を期待するみたいにジンジンする。

伊織さんは唇を離すと身体を起こし、大人のおもちゃを手に取った。

「あ……っ」

こ、こんなの使われたら、どうなるの⁉

興味があったわけじゃなくて、嫌われるためだなんてネタ晴らしはできない。

でも、正直に言うと全く興味がないわけじゃなくて……。

「じゃあ、使ってみようか。まずは、一番弱くしよう」

足を左右に大きく開かれると、蜜がトロリと垂れるのがわかった。

「ふふ、もうこんなに濡らしてる」

伊織さんは割れ目の間を長い指でなぞり、大人のおもちゃのスイッチを入れた。その音を聞くなり、敏感な粒がヒクッと疼く。

「じゃあ、当てるね」

「は、はい……」

どうなっちゃうの……!?

私は注射する時に針が皮膚に刺さるところを見ることができないタイプだからか、こういうのも見ることができなかった。

顔を逸らしていたら、敏感な粒をペロリと舐められた。

「ひゃんっ！　えっ！　い、伊織さん？」

足の間に視線を移すと、伊織さんと目が合う。

「えっ」

「ふふ」

彼は悪戯っぽく笑うと大人のおもちゃのスイッチを切り、赤い舌を出して敏感な粒を舐めた。

「ぁんっ！　えっ……な、なんで舐め……ぁっ……んんっ……」

「なんだか緊張してるみたいだから、リラックスさせてからの方がいいかなと思って」

舐められているところから、全身に向かって甘い電流が走る。背筋がゾクゾクして、呼吸すら忘れてしまう。

「ぁ……っ……ぁんっ……伊織さ……ん……ぁ……イッちゃ……あぁ……っ」

イキそうになると止められ、快感が遠ざかった頃にまた舐められることを繰り返された。

焦らされるのは辛くて、そしてその辛さが気持ちいい。

快感に翻弄されているうちに頭がぼんやりして、身体から力が抜けてしまう。

緊張はもう少しもなかった。早くイキたい……ただもうそれだけしか考えられない。

「リラックスしてきたね。じゃあ、使ってみようか」

小さなモーター音が聞こえる。近くで聞こえているのに、遠くにあるみたい。

敏感な粒に穴の開いた突起物をくっ付けられると、そこが根元から吸われた。

機械だから一定の力で吸われるのかと思っていたら、ランダムに強弱をつけられ、予想のできない動きだった。

「ひぁ……っ!?　あ……っ……あぁ……っ」

想像していた以上の快感が襲ってきて、大げさじゃないかと思うぐらい身体がガクガク震える。

「気持ちいい?」

「……っ……や……おか……っ……おかしくなっちゃ……あ……っ……あぁぁ……っ!」

あまりの刺激に、焦らされたこともあってあっという間に達してしまった。目の前がチカチカして、吸われているそこが激しく脈打つ。

スイッチを切られ、敏感な粒への刺激が止まると、自分が呼吸を忘れていたことに気付いて必死に息を吸い込んだ。

「ふふ、盛大にイッたね。おもちゃで感じる菫ちゃんが見られるなんて思わなかったな。すごく興奮する……ほら、もうこんなだ」

伊織さんはパジャマのボトムスをずらし、大きくなった欲望を取り出すと、私に握らせてきた。

「あ……」

もう、大きくなって、硬くなってる……。

伊織さんのを握っていたら、お腹の奥がキュンとなる。伊織さんのアレにこうして触れるのは初めてだった。

しっとりしていて、すごく熱くて、とても硬い。

こんな感触だったんだ……！

中指と親指がくっ付かない。

お、おっきい……こんなに大きいものが、私の中に入るなんて……！

想像を超える大きさに戸惑ってしまう。そして、初めてした時に痛かったことに納得がいく。

でも、今は痛くないどころか、すごく気持ちいいんだから不思議……。

「菫ちゃんがおもちゃで感じる姿を見て、こうなったんだよ？　クリトリスを吸われて喘ぐ菫ちゃん、本当にエッチだった」

伊織さんは私の手を操って、唇にキスしながら上下に扱かせてきた。

「ぁ……っ……んん……っ……」

エッチな感触が伝わってきて、お腹の奥がキュンキュン疼く。

早く中に欲しくて、お尻が左右に揺れてしまう。

「菫ちゃん、挿れてもいい？」

耳元で囁かれ、私は熱くなった頭を縦に動かした。

「あ……避妊……」

「大丈夫、さっき部屋から持ってきたから」

伊織さんはボトムスのポケットからコンドームを出すと、大きくなったアレに手慣れた様子で装着した。

「え、どうして持ってきたんですか？」

「菫ちゃんが一人でおもちゃを使ってるところに、混ぜて貰おうと思ってたからだよ」

ううん、違うのに――……！

羞恥心に苛まれて頭を抱えたくなっていたら、膣口に伊織さんのを宛がわれる。ゆっくりと入れられ、気持ちよさのあまり鳥肌が立つ。

「ン……ぁ………あぁ……」

根元まで入れられると、中がめいっぱい広がっているのがわかる。最初はあんなに痛かったのに、今は広げられるのが気持ちよくて堪らない。

「イッたばかりだから、中がヒクヒクしてるね。気持ちいいな……」

伊織さんが腰を動かし、私の弱いところを狙って突いてきた。

大人のおもちゃを使われた時とは別の強い快感がやってきて、私は黙っていられず彼のシャツをギュッと掴んだ。

「ぁんっ……んんっ……は……ぅ……んっ……ぁン！　あ……っ……」

奥に当たるたびに大きな声が出て、繋ぎ目からエッチな音が聞こえてくる。

何度経験しても恥ずかしい。でも、すごく興奮してしまうんだけど……そんなことは絶対に言えない。

「気持ちいいよ……菫ちゃん……」

「ん……ぁんっ……わ、私も……気持ち……ぃ……っ……ぁっ……あぁっ……」

あまりの刺激に、目を開けていられない。

ああ、伊織さんのこういう時の顔を目に焼き付けておきたいのに……！

「これも一緒に使おうね」

自分の喘ぎ声にかき消されて、伊織さんの声も、スイッチを入れた音も聞こえなくて、敏感な粒に宛がわれた時に初めて気が付いた。

「ひぁ……っ……ぁ……や……それ、だめぇ……！」

「……っ……気持ち、いい？　すごい締め付けだよ……中から吸われてるみたいだ……」

目の前がチカチカして、あまりの刺激に腰が勝手に動く。

「あっ……や……おかしくなっちゃ……ぁ……っ……あぁ！　あぁぁぁぁ……っ！」

性感帯の両方に強い刺激を与えられ、私はあられもない声を上げながら、大きな絶頂に達してしまった。

「菫ちゃん……もう、イッちゃったんだね……すごいな。これ、お気に入りだね……菫ちゃんの新しい一面が見られて嬉しいよ……それに俺も、ものすごく気持ちいい……」

私がイッた後も、伊織さんは大人のおもちゃを退けてくれない。絶頂の余韻で敏感になっているそこを吸われるのは、感じすぎて辛かった。

「やぁ……も……取って……ぁんっ……んんっ……それ、取ってくだ……さ……ぁんっ！　あぁ……っ……」

今イッたばかりなのに、また絶頂に達してしまう。

「ふふ、またイッたんだね……今日はどれくらいイケるかな？　最高記録を達成しちゃうかもしれないね」

「ぁんっ！　む、無理……です……そんなの……ぁっ……あぁ……っ……ン……お、おかしくなっちゃ……あぁっ！」

おかしくなりそうで怖い。でも、もっと気持ちよくなりたいと本能が叫んでいて、せめぎ合う。

伊織さんはそんな私の考えに気付いたのか、大人のおもちゃを宛がったまま自身が絶頂に達するまで突き上げてきた。

何度イッたのか、自分でもわからない。でも、今までで一番イッたってことだけはわかった。

第五章　その女性（ヒト）誰？

宝くじが当たって、伊織さんに嫌われようと努力し始めてから一か月が経った。

「菫ちゃん、このバイブなんてどうかな？　かなり高レビューだよ」

「い、いいです。そんなの買わないでください」

「じゃあ、どれに興味がある？　教えて」

「～～……もう、その話はしないでください」

伊織さんは私が本当に大人のおもちゃを好きだと信じてしまい、ちょくちょく検索して商品を探してきては、私に見せてくる。

そのたびに私は羞恥心に襲われ、頭を抱えたくなっていた。

絶対に嫌われると思っていたのに、まさか受け入れられるなんて……！

そう、あれから一か月も経っているのに、私はまだ伊織さんに嫌われていなくて、離婚も受け入れられていなかった。

夕食後に伊織さんと映画を観始めたけれど、羞恥心を引きずっていて内容がちっとも入ってこない。

「菫ちゃん」

「もう、その話はしませんっ」

顔を背けると、伊織さんがクスクス笑う。

「そうじゃなくて、明日の夕食は外で食べない？　前に菫ちゃんが美味しいって気に入ってくれたレストランに、新メニューが入ったんだって」

「あっ……は、はい、そう、ですね。新メニュー、楽しみです」

恥ずかしさがさらに倍になった私は、伊織さんと目が合わせられない。

「レストランで十九時に待ち合わせしようか。心配だから、電車じゃなくてタクシーを使って。でも、気分が変わったら、他の店でもいいから、遠慮なく言ってね」

「はい……」

伊織さんに嫌われようとしてからというもの、私は伊織さんのことがますます好きになっていた。

どうしてこんなに心が広いの⁉　どうしてこんなに優しいの⁉

ただでさえ大好きなのに、もっと伊織さんへの気持ちで溢れて苦しいぐらい。

翌日、私は伊織さんに買って貰ったハイブランドのワンピースやアクセサリーでオシャレをし、待ち合わせのレストランに向かった。

「予約していた日下部です」

「日下部様、お待ちしておりました。いつもありがとうございます。旦那様はご到着されていますので」

「ありがとうございます」

遠目からでも伊織さんを見つけることができた。

だって、すっごく輝いてるから。ああ、カッコいい……！

早く会いたくてつい早歩きになりそうになったけれど、なんとか堪えて普通の速度で歩く。

すると私が席に着くよりも前に、伊織さんは綺麗な女性に話しかけられた。

「えっ」

だ、誰……⁉

ショートカットのスレンダー美人で、パンツスタイルが良く似合ってる。しかもなんだか親しげだ。

思わず足を止めてしまうと、店員さんが不思議そうに振り返った。

「日下部様？」

「あ……」

どうしよう。元カノ？　それとも…………う、浮気相手……とか？　いやいや、そんなはずないでしょ⁉

伊織さんが優しい人とはいえ、私のここ一か月の態度はあまりにも酷かった。

この人に慰めて貰ってたから、耐えられてるとか？

ううん、むしろ私が後から湧いて出ただけで、この人が本命なのかも⁉　だって、私よりもずっとお似合いだもん。歳だって多分伊織さんと近い。

数秒の間に、ネガティブな想像が駆け巡る。

すると伊織さんがこちらに気付いたようで、目が合った。

「あ……」

ギクッと身体を引き攣らせる私と相反して、伊織さんは眩しいほどの笑みを浮かべる。

「菫ちゃん、早かったね。そんなところに立ったままでどうしたの？」

「あ……す、すみません。お邪魔かなと思って……」

「まさか、知恵(ちえ)の方が邪魔なんだよ。でも、気にしてくれてありがとう。菫ちゃんはいつも優しいね」

ち、知恵……!? 呼び捨てなんて……特別な関係なんだ。私のことは「ちゃん」付けなのに……。

伊織さんは立ち上がると、ショックを受けて涙目になっている私の肩を抱いて席まで案内してくれた。

「こんばんは、部下と食事に来ていたら、偶然伊織の姿を見つけたので、話しかけてたんです。結婚式以来ですね」

「えっ」

結婚式の招待客? たくさんいたから、ほとんど覚えていない。会社の人だろうか。

「私、日下部知恵です。伊織の二つ上の従姉なんですが、あれだけ招待客がいたら覚えていませんよね」

従姉……! 言われてみると、顔立ちが少し似ている。

「す、すみません。ご無沙汰しております!」

「菫さん、お食事、楽しんでくださいね。……伊織、勝負を楽しみにしているわ。じゃあね」

「ああ」

私には柔らかい口調と表情で話しかけてくれるのに、伊織さんに対しては刺々しい。勝負ってなんだろう。

知恵さんはコツコツとヒールを鳴らして去って行った。真正面から見ても綺麗だったけど、後ろ姿まで美しい。

素敵……さすが伊織さんの従姉！　私もあんな女性になりたいな。

「菫ちゃん、せっかくのデートなのに水を差してごめんね。さあ、座って」

伊織さんが椅子を引いてくれて、私は慌てて腰を下ろした。

「いえ！　とんでもないです」

伊織さんはワイン、私はシードルを選び、お目当ての新メニューを頼んだ。先にお酒が来たので、乾杯する。

「知恵さん、すごく綺麗でしたね。伊織さんの血縁の方って、皆さんあんなに綺麗なんですか？」

「そうかな？　菫ちゃんの方が綺麗だし、可愛いよ」

「いえ、絶対違います」

「違わないよ」

にっこりと否定され、私は顔を熱くした。何度否定しても、伊織さんは私を褒めてくれるに違いない。

「知恵は父の姉の子供で、五年ぐらい前に、株式会社ＣＨＩＥ（ちえ）っていう食品会社を立ち上げたんだ」

「えっ！　そうなんですか⁉　すごい」

確かヨーグルトで有名な会社だ。

ナタデココとアロエがたっぷり詰まって……というか、ヨーグルトよりもそちらの割合が多いカロリーの低いヨーグルトを発売して、私もよく買って食べてる。

「彼女は日下部を継ぎたかったんだ」

「え、そうなんですか？」

「うん、でも、うちの父と重役たちは古い考えの人間で、跡を継ぐのは本家に生まれた男だってことになって、俺になったものだから、何かとライバル視されているんだ」

「それで勝負って話に？」

「そう、今度うちで非常用食品を開発することになったんだけど、その話を聞いて自社でも開発することにしたから、どちらが売り上げを多く取れるか勝負しようってことになったんだ」

「なるほど」

話しているうちに、料理が運ばれてきた。

秋らしいかぼちゃときのこの濃厚クリームパスタ、栗がたっぷり入ったポテトサラダ、サンマのマリネ、和栗を使ったモンブラン、どれも美味しくて、秋だけしか食べられないのが悲しい。ずっと秋だったらいいのに。

「はあ、美味しかったです。食べすぎちゃいました」

ゆったりした服で助かった。お腹が少し出てる。

「美味しかったね。気に入って貰えてよかったよ。じゃあ、次に行こうか」

「どこにですか？　私、お腹いっぱいすぎて、もう飲み物すら入らないかもしれないです」

「大丈夫、飲食店じゃないから」

「え、じゃあ、どこに行くんですか？」

「それは着いてからのお楽しみということで」

伊織さんに連れて行って貰った先は——結婚式の後に泊まったホテルで、しかもあの日と同じ部屋だった。

「ここだよ」

「ええっ！　今日って、記念日でもなんでもない平日ですよね⁉」

この部屋、一泊いくらするの……⁉　聞くのが怖い……！

「菫ちゃんと過ごす毎日は、俺にとっては記念日だから」

「……っ」

甘い表情と優しい声音で言われると、ときめきのあまり胸が苦しくなる。

うう、助けて！　さらに好きになる……！

「それに、今日は特別な日になりそうなんだ」

「え、どうしてですか？　あっ」

伊織さんは私を横抱きにすると、そのままソファに座った。

「今日、俺が知恵と話していたのを見て、どうして立ち止まっていたのかな？」

「あ……そ、れは……邪魔をしたくないからで……」

「なんの邪魔？」

「えっと……」

浮気を疑ってた……なんて言えない。嫌な気持ちにさせてしまう。

…………嫌な気持ち？　嫌われるチャンスじゃない！

「うん？」

人の中には、許せないラインがある。

どんなことをしても怒らない心の広い人が、どうしてこんなことで？　って思うようなことで怒るのを見たことが、誰もが一度ぐらいはあると思う。そして私もある。

記憶に強く残っているのは、高校の時のクラスメイトの吉田さんだ。

優しくて温厚な彼女は可愛くて、弄られキャラで、みんなからの人気者でものすごくモテていた。

たまに弄りっていっても、限度があるんじゃない？　ってことをされた時も、笑顔でかわしていた。

そんな彼女が一度だけ激怒したのを見たことがある。

それは同じクラスメイトの中山さんが、吉田さんの彼氏の水樹くんの肩についていた糸くずを親切心で取ってあげた時のことだ。

吉田さんは中山さんの手を掴み、「私の彼氏に触らないでよ！」と、教室中に響く大きな声で怒鳴ったのだ。

あの温厚な吉田さんが怒った⁉　しかも、彼氏のゴミを取ってあげただけで⁉　と、みんな驚いて固まった。

中山さんは顔を引き攣らせながら、誤解させて申し訳なかったこと、そしてただ糸くずを取ってあげただけだと説明したんだけど、吉田さんはそれを許さなかったから驚く。

そして吉田さんは「そのゴミは彼女のアッシのなんだから返して！」と、ただの糸くずを返すように求め、それを大事そうにハンカチに包んで鞄に入れたのでさらに驚いたのだった。

あれは強烈だったなー……。

あれだけ吉田さんを溺愛していた水樹くんもドン引きして、次の日には別れ話をして、とんでもなく揉めた……って、そうじゃなくて。こういう感じで、伊織さんにもきっと許せないラインがあるはず。

疑われるのは、伊織さんにとって許せるライン？　それとも許せないライン？

嫌われたいのに、嫌われるのは怖くてすごく緊張する。

「……っ……浮気してるんじゃないかって、疑いました！」

さあ、どう……⁉

ドキドキしながら伊織さんの顔を見ると、彼はとても嬉しそうな顔をしていた。

許せるラインだった！　でも、どうしてそんな顔をするの⁉

「ふふ、そうだったんだ。呆然としてたね。ショックだった？」

「そ、それは、もちろん……ショックじゃないわけがないです」

「そっか、ショックだったんだ」

すごく嬉しそう⁉

そんな顔をされたら、私を好きだって言うのを信じてしまいそうになる。

違う、違う、伊織さんが私なんかを好きなはずないじゃない。離婚されなくて済むようにそう言ってるだけ。

「どうしてショックだったの？」

伊織さんは私の首筋にキスしながら、太腿をしっとり撫でてくる。

「ん……っ……そ、それは、だって……好きな人が浮気していたら、ショック……です……ぁっ」

「ふふ、そっか」

伊織さんは、ますます機嫌がよくなっている様子だった。

「じゃあ、嫉妬してくれたってこと？」

正直嫉妬した。

離婚するって決めていても、心はコントロールできない。目にゴミが入ったら痛いと思うように、心も痛みを感じた。

冷静になった今なら、それをネタにして離婚できると思える。でも、あの時はただ悲しくて、辛くて、苦しくて……。

離婚する覚悟はできていると思ったのに、私、全然できてなかったんだ。あれだけ離婚、離婚って言っていたのに、自分が恥ずかしい。

「ねえ、菫ちゃん、教えて？」

耳元で囁くように尋ねられ、顔が熱くなる。

そんなの、正直に言えるはずがない。

「……っ……り、離婚するんですから、私にそんなのする資格はないんです」

「離婚なんてしないよ。ふふ、そっか、嫉妬してくれたんだね。嬉しいな。今日は菫ちゃんに嫉妬して貰えた記念日だ」

「記念日って……んんっ」

唇を深く奪われ、舌や唇の感触に夢中になっていると、裾から伊織さんの手が入ってきた。

「ん……っ……んん……」

まだ触れられていないのに、秘部が疼いて濡れ始めるのがわかる。

「でも、浮気を疑うなんて酷いな。俺は菫ちゃん一筋なのに」

そんなわけないのに、喜んでしまう自分が情けない。

録音して、離婚後辛くなった時に聞きたいよ……！

「俺を傷付けたお詫びをして貰おうかな」

伊織さんは傷付くどころか、楽しそうに笑っている。

でも、疑ったことは事実だから、私にできることならなんでもしたい。

「何を……すればいいですか？」

まだキスと太腿にしか触れられていないのに、息が乱れて恥ずかしい。伊織さんは私の質問に、機嫌がよさそうに笑って答えた。

「一緒にお風呂に入って、菫ちゃんを洗ってあげたい」

「お、お風呂!?　というか、お詫びなのに私が洗って貰うんですか!?　私が伊織さんを洗うんじゃなくて!?」

「あ、それいいね。洗い合おうか」

「え……っ！　な……っ……そ、そんなの無理……無理です！　恥ずかしいです……！」

「嫌だ？　じゃあ、もっと恥ずかしいことをして貰おうかな」

もっと恥ずかしいことって何!?

「……っ！　お、お風呂でいいです！」

「そう？　じゃあ、お湯を張ってくるよ」

こうして私は、伊織さんと初めて一緒にお風呂に入ることになってしまった。

「はあ、気持ちいいね」

「は、はい……」

お湯は結婚式の夜と同じく乳白色で、薔薇の花びらが浮いていた。

あの日は一人で入って、これから伊織さんと初エッチするんだ……って緊張してドキドキしてたっけ。

たった五か月前くらいのことなのに、随分昔のことみたいに感じる。でも、まさか……また同じ場所で、別の意味でドキドキするなんて思ってなかった。

「菫ちゃんって、メイクをした顔は綺麗だけど、スッピンは可愛いよね」

「そ、そんなことないです」

蒸気で化粧が落ちたら悲惨なので、お湯を溜めている間に顔だけ洗った。

家では出かけない日でも化粧をしているけど、お風呂に入った後はスッピンで、伊織さんには毎日それを見られている。でも、まじまじと見られると恥ずかしい。

「本当なのに」

「恥ずかしいので、あんまり見ないでくださいね」

「それは難しいお願いだなぁ……見てるけど、見てないふりをするよ」

「ダ、ダメです」

恥ずかしさを誤魔化すために何か話のネタはないかと、辺りを見回す。

そうだ！

「こんなに薔薇の花びらを浮かべるなんて、すごく贅沢ですよね」

「そうだね。贅沢な気分になる。東京に来て五か月経つけど、温泉が恋しくなったりしない？」

「たまに入りたくなりますね。でも、今はやっぱり、色んな入浴剤が楽しめるから嬉しいです」

バスタブは二人で入っても余裕があるくらいの広さだったけれど、伊織さんに抱き寄せられ密着した状態で入っている。

お湯が乳白色だから身体は見えない。でも、ものすごく恥ずかしい。

「秋月旅館の温泉はすごくよかったけど、堇ちゃんとこうして入るお風呂が一番いいな。ねえ、毎日こうして入ろうよ」

「えっ！　いや、それは無理です。今でも恥ずかしくて、どうしたらいいかわからないのに……」

「ふふ……恥ずかしいのは、本当みたいだね。うなじも……あ、耳まで赤い」

伊織さんは私の耳やうなじにキスしてくる。

「ぁっ……んんっ……くすぐったい……ですよ……」

「菫ちゃんのうなじって、白くて綺麗だね」

「そ、そう……ですか？」

「うん、すごく。吸い付きたくなるぐらい」

少し強めに吸われて、思わず変な声が漏れた。

「ぁ……」

旅館で働いてた時はアップスタイルにするから、うなじの手入れは欠かせなかったし、今も習慣になっている。

しっかり手入れしていてよかった……！

結婚してからは、伊織さんの目に綺麗に映りたいから、全身たくさん手入れをするようになった。

伊織さんに褒めて貰えるたび、嬉しくて、もっと綺麗になりたい。頑張ろうって気持ちになるんだけど……離婚するっていうのに、何をしてるんだろう。

「温まったし、そろそろ洗おうか」

「は、はい」

伊織さんは私を椅子に座らせると、後ろに座って髪を洗ってくれた。

「力加減、大丈夫？」

「大丈夫です」

むしろ、気持ちいい。美容室で髪を洗って貰うよりもずっと。

でも、すごく恥ずかしくて、心地よさに集中できない。服……とは言わないから、せめてタオルで身体を隠せたらよかったんだけど。

「誰かの髪を洗うって初めてだな」

「そうなんですか？」

「うん、楽しい。子供ができたら、俺が毎日洗ってあげたいな」

子供――。

私とは離婚するんだから、私と離婚した後に誰かと……だよね。

「そうですね。奥さんも、伊織さんの子供も喜びそうです」

想像したくないのに、想像して勝手に傷付いてしまう。私は、なんて自分勝手な人間なんだろう。

「何を言ってるの？　俺の奥さんは、菫ちゃんだよ。それに俺は菫ちゃんとだから、子供が欲しいんだ」

お願いだから、これ以上喜ばせないで欲しい。伊織さんを不幸にしてもいいから、妻であり続けたくなってしまう。

でも、そんなのはダメだ。伊織さんには、幸せになって欲しいんだから。

口の中にシャンプーが入りそうだからって誤魔化して、口を噤んだ。泡を洗い流して貰っても、頭の中のモヤモヤは残ったままだった。

「次は私が洗いますね」

「うん、よろしく」

私が後ろに行こうとすると、伊織さんに止められた。

「待って、真正面から洗って欲しいな」

「え、どうしてですか？　あ、後ろに立たれるのが苦手とか？」

「あはは、そんな殺し屋の漫画みたいな理由じゃないよ。前から洗って貰った方が、眺めがいいからさ」

「眺め？」

……って、私の身体⁉

「い、嫌ですよ。後ろから洗います」

「ふふ、残念」

伊織さんの後ろに立って、髪を洗う。

「力加減、大丈夫ですか？」

「うん、大丈夫だよ。気持ちいい」

伊織さんの髪は柔らかくて、私のとはまるで違う。洗っていて触り心地がすごくいい。羨ましい髪質だ。

「人に髪を洗って貰うのって気持ちいいですよね。だから私、美容室に行くの大好きなんです」

「うーん、美容室で洗って貰っても、気持ちいいと思ったことってないんだよね」

「え、そうなんですか？」

「ただ洗われてるなって感覚だよ。でも、今はすごく気持ちいい。菫ちゃんの手が特別なんだね」

嬉しくて、口元が綻ぶ。

また私、伊織さんに言われたことで喜んじゃってる！

一緒にいるとダメだなぁ……伊織さんのこと、もっと好きになっちゃうもん。

すごく好きな人でも、一緒に暮らすようになったら、別々に暮らしていた時とは違う一面が見えて、嫌いになることがあるらしい。結婚して数週間で離婚したというお客様から聞いた。

でも、伊織さんは全てが素敵で、私の気持ちは片想いをしていた時よりも、さらに強くなっていた。

「洗い流しますね。目をしっかり瞑ってくださいね」

「わかった」

しっかり洗い流すと、リンスを付ける前なのに伊織さんの髪は少しも軋んでいない。本当に羨ましい髪質だ。

全て終了すると、伊織さんがボディソープをタオルで泡立てる。

「じゃあ、次は身体を洗おうか」

伊織さんが、私の身体を……。

覚悟してバスルームに入ったのに、具体的に想像したら羞恥心がピークに達した。

「わ、私が……私が先に洗いますよ」

伊織さんからタオルを受け取ろうと手を伸ばしたら、その手を摑まれた。

「あっ」

あっという間に腰を抱かれ、伊織さんの膝に乗せられてしまう。

いてしまう。

伊織さんは泡を手に取ると、私の首から鎖骨に塗り付けた。くすぐったくて、身体が動

「ひゃっ」

「遠慮しないで」

「な……なんで、タオルじゃなくて、手で……ぁ……っ」

「人間の肌はデリケートだから、タオルじゃなくて泡を作って手で洗った方がいいって聞いたんだけど、違ったかな？　まあ、自分の場合は面倒だからタオルで洗うけど」

「……っ……ち、違わないです……けど、くすぐったくて……」

首や腕を洗っている時は純粋にくすぐったかったけど、胸に触れられると別の意味に変わる。

ヌルヌルの手で撫でられると感じてしまって、変な声が出て、胸の先端がツンと起ち上がった。

「ぁ……んっ……」

胸の先端が尖ったことに気付いたのは、指先で転がされてからだ。

「ふふ、相変わらず敏感だね」

「や……んんっ……伊織さん、ま、待って、そこ、だめです……ぁんっ」

いつも可愛がられている時の感覚とは違う。ヌルヌルしていて、指で抓もうとしても、滑って完全には抓めない。

「ふふ、泡で滑って、可愛い乳首が抓めないなぁ」

「ぁんっ！　ぁ……んんっ……伊織さん、だめ……ぁんっ……だめ……」

ツルンと滑るたびに、じれったい刺激が襲ってくる。

それは決して強い刺激ではないけど、初めての感覚に私はすっかり翻弄されていた。

胸の先端を弄られていると、秘部が疼き始める。

思わず膝を擦り合わせると、ヌルリとした感触がした。これはきっと、垂れた泡のせいだけじゃない。

伊織さんの手が胸から離れてお腹に行き、太腿まで下がった。内腿に触れられると、秘部が刺激を期待して、さらに激しく疼く。

「……っ」

長い指に割れ目の間をヌルリとなぞられ、待ち望んでいた刺激にビクンと身体が跳ね上がった。

「あぁんっ！」

「ふふ、ヌルヌルしてるね？」

乳首を尖らせている時点でもう言い逃れはできないけど、恥ずかしくて認めたくない。

「こ、これは……ボディソープで……」

「ボディソープとは別のヌルヌルな気がするんだけどな」

伊織さんは楽しそうにクスクス笑う。

認めた方が、いくらか恥ずかしくなかったかもしれない。

「ン……ぁ……っ……や……んん……」

割れ目の間で指が動くたびに、快感が襲ってきてエッチな声が出てしまう。

バスルームって、すごく声が響く……！

恥ずかしいのに、どうしても我慢できない。身悶えして動くと、お尻に硬いものが当たっているのに気付いた。

これって……。

伊織さんのアレが硬くなってる。

私の身体に触って、興奮してくれてるから……だよね？

嬉しいのと興奮が同時にやってきて、伊織さんに抱きつきたい衝動に駆られる。

そんなのダメ……離婚したいって言ってるのに、自分から抱きつくなんておかしい。

絶頂が目前に見えてきたその時、伊織さんは割れ目から指を引き抜いた。

「ぁ……」

嘘、ここで？ イキたさのあまり、思わず声が漏れた。

「ん？ どうかした？」

「……っ……な、なんでもないです」

そう尋ねる伊織さんの顔は、少しだけ意地悪だった。

私がイキそうなこと、気付いてた？

恥ずかしくて両手で顔を覆いたかったけど、残念ながら泡が付いている。

「次は背中を洗おうか。立てる？」

「は、はい」

伊織さんに支えられて立ち、背中を洗って貰った。指が離れた後も、秘部の疼きが止まらない。お尻に触れられると、さらに疼いてしまう。

「ン……」

全身のあちこちが性感帯になってしまったみたいで、もう身体はのぼせそうなぐらい熱くなっていた。

「最後に足だね。俺の肩に掴まって、膝に足を上げて」

椅子に座った伊織さんの肩に手をついて、膝に足を乗せた。足の指の間に指を入れられると、くすぐったくて黙っていられない。

「ひゃっ！　や……くすぐった……ぃ」

「ふふ、もう少し我慢だよ。菫ちゃんの足って、小さくて可愛いな」

「普通のサイズ……ですよ？　伊織さんが大きいから、そう思うのかも……」

「ああ、なるほど。でも、可愛い」

足の指の間って、人に触られるとこんなにくすぐったいものなの？

しかも、純粋なものというよりは、エッチな方のむずがゆさを感じていた。足の指を洗われているのに、秘部がヒクヒク疼いて止まらない。

「じゃあ、反対の足も洗おうか」

「は、はい……」

反対側の足を洗われると、またエッチなくすぐったさが襲ってくる。

「……っ……は……んんっ……」

足を洗われてるだけなのに、どうしてこんなに感じちゃうの？

根元から指先に向かってヌルリとなぞられる感覚が堪らなくて、少しでも気を抜くと身体から力が抜けてしまいそうになる。

我慢……我慢……足を触られて感じるなんてどうかしてる。

でも、我慢しようと思ってもできるものじゃなくて、指の間全てに伊織さんの長い指を入れられ、クチュクチュ動かされたところで力が入らなくなった。

「ぁ……っ」

くずれ落ちそうになった私を伊織さんが抱きとめてくれる。

「おっと、大丈夫?」

「は……ぃ……すみません……」

少しでも動くと、ボディソープのせいで伊織さんの身体とヌルリと擦れる。それがとても気持ちよくて、もっと擦りつけたくなってしまう。

「……っ……ン……」

さっき飲んだお酒が回ってるのかな?　エッチなことで頭がいっぱいだ。

「ああ、こうして身体を擦れば、俺の身体も洗えるね」

伊織さんは私を向かい合わせに抱くと、身体を上下に揺らした。

「ぁ……っ……伊織さ……んんっ……ぁんっ!」

割れ目の間に伊織さんのアレが挟まって、揺らされるたびに敏感な粒が擦れて快感が生まれる。彼のも硬さを増しているようだった。

「気持ちいいし、洗えるし、一石二鳥だね？」

「こ、こんな……ぁんっ……洗い方って……ぁ……っ……あぁ……っ」

「嫌だ？」

耳元で囁くように尋ねられ、私はクラクラする頭を左右に動かした。

ここでやめられたら、おかしくなってしまう。

「コンドームつけてないし、泡が付いてるから、うっかり入れないように気を付けないとね」

揺さぶられているうちに遠ざかっていた絶頂が再び押し寄せてきて、伊織さんの首筋に顔を埋めた。

「ぁ……んんっ」

ボディソープと彼の甘い香りが鼻腔を通り、私の興奮を煽る。

「ふふ、擦ってるだけだけど、すごく気持ちいいね……」

「ぁ……んんっ……伊織さん……か、硬くなって……」

「そうだよ。好きな子とのお風呂だからね。すごく興奮してるんだ」

激しく揺さぶられると、足元を彷徨っていた絶頂が一気に頭の天辺まで突き抜けて行った。

「ぁ……っ……あぁぁっ」

「ふふ、イッたね。さっきからイキたがってたもんね」

やっぱり、気付かれてたんだ……！

恥ずかしい……でも、羞恥心よりも快感の方が勝る。

絶頂に痺れている間も、伊織さんは欲望を擦りつけてくる。イッたばかりで敏感になっているから、その刺激で腰がガクガク震えてしまう。

「俺も……もう、イキそうだ。ごめん。後で洗い直すから許して」

「え？　あっ……あぁんっ……ぁ……っ」

伊織さんが絶頂に達し、秘部とお腹に熱い飛沫がかかった。洗い直すという意味がようやくわかった。

「……っ」

一度出しても、彼のアレは硬いままだった。

私の中も疼いたまま……一度達しても、伊織さんのを奥まで受け入れないと、満足できないみたい。

「あ、さっきよりも顔が赤くなってる。そろそろ出ないとのぼせるね。続きはベッドにしようか」

私が頷くのを見て、伊織さんは満足そうに笑う。

伊織さんは力が入らない私の身体を洗い直し、身体を綺麗に拭いて、髪まで乾かした後にベッドまで運んでくれた。

もう、至れり尽くせり……。

申し訳ない気持ちでいっぱいだったけど、全然動けなかった。

「ぁ……んんっ……は……ぅっ」

私の秘部は洗い流しても新たな蜜で潤っていて、伊織さんの大きくなったアレをすんなりと受け入れることができた。

待ち望んでいた快感を与えられ、あまりの気持ちよさに頭の中が真っ白になる。

理性は粉々に砕けて、本能が剝き出しになる。もう、気持ちいいということしか考えられない。

「菫ちゃんの中、すごくあったかい。お湯の中よりもあったかいよ」

伊織さんが動き始めると、ただでさえ熱い身体がますます熱くなっていく。

「あんっ……ぁ……っ……んん……っ……伊織……さんの……も、あったか……ぃ……です……んっ……はぅっ……ぁんっ」

奥に当たるたびに、耳を塞ぎたくなるほどエッチな声が出てしまう。

「いい匂いだな……同じボディソープを使ってるのに、菫ちゃんが使うとどうしてこんなにいい香りがするんだろう」

伊織さんは私を突き上げながら胸を揉みしだき、首筋に顔を寄せてくる。お風呂上がりとはいえ、匂いを嗅がれるのは恥ずかしい。

「ぁんっ！　ぁ……っ……んん……っ……嗅いじゃ……嫌……です……ぁんっ……！」

「ふふ、じゃあ、これからはバレないように嗅ごうかな。髪も、耳も、首筋も、胸も、それからここも……」

割れ目の間にある敏感な粒を指先で撫でられ、不意打ちの快感が襲ってくる。

「ぁ……っ」

「全部、いい香りがする。大好きな匂い」

そ、そんなところの匂いなんて……！

羞恥心で頭が爆発しそうになる私の中を、伊織さんは腰が浮くほど激しく突き上げてきた。

「ひぁ……っ！　ぁんっ……あぁっ……！」

「好きだよ。菫ちゃん……」

心臓がドキッと跳ね上がる。

離婚させないための嘘だとわかっていても、好きな人からの甘い言葉はときめいてしまう。

伊織さんが本当に私のことを好きになってくれたらいいのに……。

好きな人に抱いて貰える喜びと切なさが入り混じりながら、私は伊織さんから与えて貰う快感に溺れた。

第六章　力になりたい

結婚してから半年——木々が色付き、本格的な秋を迎えた今も、私の薬指には結婚指輪が光っていた。

伊織さんは離婚に応じてくれないし、私が時折思いつく嫌われそうなことを試しても笑顔で全てを受け止めてくれるし、エッチもかなりの頻度でしてしまっていた。

伊織さんは無理強いを絶対しないから、これは断れない私が原因なんだけど……。

ここ最近、伊織さんは帰りが遅いし、家に仕事を持ち帰ってくることも多い。知恵さんと勝負している災害用食品の開発を始め、色々と忙しいみたいだ。

お風呂から上がると、キッチンの明かりがついていることに気付く。

「伊織さん？」

キッチンに入ると、伊織さんがコーヒー豆を持っていた。

「ん？」

「伊織さん、こんな時間にコーヒーですか？」

「うん、もう少し起きて仕事したいんだけど眠くて」

「私が淹れますよ。伊織さんはお仕事していてください。持っていきますから」

「ありがとう。助かるよ」

伊織さん、大変そうだなぁ……。

コーヒーの香りを嗅いでいたら、私も飲みたくなってくる。デカフェの豆で淹れようかな。

伊織さんの分を淹れて、トレイにクッキーとチョコを乗せて運ぶ。ノックする前に、ドアが開いた。

「菫ちゃん、ありがとう。あ、お菓子まで」

「糖分は脳にいいって言いますから。あまり無理しないでくださいね」

「ありがとう。無理しない程度に頑張るよ。おやすみ」

伊織さんはトレイを受け取ると、唇にチュッとキスしてくれた。

「おやすみなさい」

キッチンに戻って自分の分のコーヒーを淹れる。

「……っと」

クッキーとチョコに手を伸ばしそうになるけど、明日の体重を想像して我慢した。

実家で働いていた時はかなり身体を動かしていたから、たくさん食べても太らなかったけど、ここではあそこまでは動かないから食べすぎるとすぐ太ってしまう。

後ろ髪を引かれながらキッチンを後にし、リビングのソファに座ってスマホで親友のあかねからの未読メッセージを確認する。

あれから「友達がもっと旦那さんに嫌われる方法を知りたいって言ってるんだけど、何かある?」と何度も送り、結果嫌われたいのは自分だということがバレてしまった。

さすが親友……なんでもお見通しだ。

私は全てを話し、今までのようにあかねに相談に乗って貰っている。

『伊織さん、優しくて私のこと全然嫌ってくれないの。どうしたらいいと思う?』と送ったメッセージに返ってきたのは『もう嫌われなくていいじゃん。このまま離婚せずに結婚生活を続けなよ!』だった。

「もう、あかねったら……」

『私は幸せだけど、伊織さんが可哀相じゃない。伊織さんを解放するためには、離婚した方がいいの』と打って送ると、すぐに既読が付いた。

「あ、起きてるんだ」

じゃあ、すぐに返事が来るかな。

少し待っていると『伊織さんは、菫のことが好きだって言ってくれたんでしょ？　両想いなんだから、結婚したままでいいじゃん。菫は離婚しないために嘘を吐いているって言うけど、嘘じゃないかもしれないよ。本当に菫のこと好きだったら、それこそ伊織さんが可哀相だよ』と返ってきた。

『伊織さんみたいな素敵な人が、私みたいな何も持ってない女の子を好きになるはずがないよ』と打っていたら、あかねからもう一通メッセージが送られてくる。

『菫は自分なんかっていつも言ってるけど、もっと自信持ちなよ。人間、誰もが誰かの特別な人なんだよ。伊織さんにとって菫は、特別な人なんだよ。そうじゃなきゃいくら心が広くたって、あんな大量のワガママを言われて切れないはずがないって』と返ってきた。

そうだったら嬉しいけれど、自信が持てない。

なんて返していいかわからなくて考えていると、『明日早いから今日は寝るね。もう一度伊織さんと話し合った方がいいよ』と送られてきた。

私は『ありがとう。少し考えてみる。おやすみ』という返事と布団に入るたぬきのスタンプを押してメッセージアプリを閉じた。

もう一度、話し合い――。

うん、確かに必要だ。最初に話した時は私が酔っぱらっちゃって終わったし、納得できるまで話してみよう。

でも、今は伊織さんが忙しいから、落ち着いてからの方がいいよね。

伊織さんが本当に私を好きだと思ってくれているとしたら？

想像しただけで幸せすぎて、胸がいっぱいになってしまう。それと同時に、伊織さんを信じられないことに罪悪感を覚える。

もうすっかり冷めたコーヒーを飲んでも、喉につかえた罪悪感は流れていかない。

苦しくてため息を吐いていると、リビングのドアが開いた。

「菫ちゃん、まだ起きてたんだ？　あれ、コーヒー飲んでるの？」

「香りを嗅いだら、私も飲みたくなっちゃいまして。でも、デカフェです」

「そうだったんだ」

「コーヒーのお替りですか？」

「いや、菫ちゃんの寝顔を見て癒されようと思って部屋を出たんだけど、リビングに明かりがついてたからこっちに来たんだ」

伊織さんは私の隣に座ると、肩を抱いてくる。

こうやって身体に触れてくれるのが嬉しい。マグカップを置いて抱きつきたくなるけれど、話し合って彼の気持ちを確かめるまでは我慢だ。

「そ、そんなの見ても癒されないですよ！」

「ううん、すごく可愛いよ。会社でも疲れた時、よく見てるんだ。ほら」

伊織さんがボトムスのポケットからスマホを取り出し、画像フォルダを見せてくれた。

そこには私の間抜けな寝顔がたくさん並んでいて、「えっ!?」と大きな声が出る。

「な……っ……なんですかこれ!?」

「菫ちゃんの寝顔を集めたフォルダだよ。可愛いなぁ」

「全然可愛くありませんよ！　そんなの消してください！」

スマホに手を伸ばすと、伊織さんがサッと背中に隠す。

「ダメだよ。大事な写真だから消せない」

「そんな変な顔の写真、大事にしないでくださいっ！」

何度お願いしても、伊織さんは消してくれなかった。

うう、口が開いてるのもあった……！

「もう、眠れそうですか？」

「うーん、もう少しかな。災害用食品の件がなかなかうまく進まなくて」

「そうだったんですね……」

新しい商品を作るのって、大変なんだなぁ……。

「あがってきた企画書を見てるんだけど、今一つピンとこないんだ。もう何度か作り直して貰ってるんだけど変わってるように見えないから、どうしようかなーと思って」

「どんなアイディアが出たんですか？」

「水を入れるだけで食べられるおにぎりとか、高カロリーがとれるクッキーとか、もう見たことがあるような商品ばかりなんだ」

「確かに見たことありますね」

「そうだよね。似たような商品を出しても仕方がないから、何か新しいアイディアがあればいいんだけど、なかなかうまくいかなくてね」

「新しいアイディア……」

私も非常食が必要になる災害を経験したことがあるので、目を瞑ってあの時のことを思い出してみる。

『ついてないな。せっかく料理を楽しみに来たのに、こんな味気ないものを食べる羽目になるなんて……』

『あなた、なんてことを言うの？　食事を頂けるだけありがたいじゃない。ごめんなさいね』

あの時は満足な料理ができなくて、おにぎりと防災食をお出しするのが精いっぱいだった。

緊急事態だったからほとんどのお客様が理解してくれたけど、中には不満を露わにする方もいらっしゃった。

うちは料理が有名な旅館でもあるから、お客様の落胆は大きかったし、皆さんの気持ちを考えたら胸が痛かった。

「私が被災した時は、色んな種類のものがちょっとずつ食べられたらいいなと思ってました」

「ちょっとずつ？」

「旅館で出る食事って、色んな種類のものが少しずつ食べられるようになってるじゃないですか？」

「そうだね。色々食べられて嬉しいようになってる」

「あんなイメージです。見た目も少し華やかだと、なお嬉しいです。災害用の食事って味気ないですし、見た目もいいもの……とは言えないですよね。非常時に食べるものだから仕方ないですし、贅沢な話ですけど、ああいう時って気持ちが滅入ってますすし、食事で少しでも気分を上げられたらいいなって思って」

そういうものがあれば、あの時のお客様も少しは気分が紛れたんじゃないかなぁ……。

伊織さんが目を見開いたのを見て、私はハッと我に返った。

「あっ！　すみません。素人がアレコレ言っちゃって」

「いや、すごく参考になったよ。なるほど、そうか……明日、早速会社で話し合ってみるよ」

「はい、頑張ってくださいね」

私に気を遣ってそう言ってくれているのかと思いきや、一か月後に伊織さんが持って帰ってきた試作品を見て驚いた。

「菫ちゃんが災害食でこんなのがあったらいいなっていうのって、こういう感じかな？」

夕食後、伊織さんはプラスチックでできた黒い箱をテーブルに置いた。

プラスチックでできた黒い箱を開けると八つの仕切りがあり、その中にはミニ缶詰とパウチが入っていた。

「その缶詰とパウチを開けて盛りつけるんだ。最初から盛りつけておけたら、開けた時の見栄えがいいんだろうけれど、長期保存にはこの形がベストだから」

本当に参考になってたの……!?

「イメージと違った？」

「いえ！　ただ、私の言ったことが反映されているのに驚いて……私なんかの意見が本当に参考になってるなんて思ってなかったといいますか、伊織さんが私をガッカリさせないために言ってるのかなって」

「まさか、本当に参考になったんだよ。……というか菫ちゃんって、どうして自分に自信がないの？」

「えっ」

「たまにそう感じるんだ。『私なんか』ってよく言うし、それって何か原因があるのかな？と思って」

『菫は自分なんかっていつも言ってるけど、もっと自信持ちなよ』

あかねにも言われたっけ……。

私は確かに自信が持てない。でも、それがどうしてかっていうのは考えたことがなかった。

「どうして……でしょう」

自信をなくすようなキッカケってあったのかな？

記憶を辿っていくと、心当たりのあるできごとを思い出した。

「あっ」

「思い出した？」

「はい……私、小さい頃から旅館を手伝ってきたんですけど、小学校低学年の時……かな。自分は役立ってる！　って思い込んで、すごく自信を持ってたんですよね。子供なのに役立ってる自分すごい！　みたいに思っていて。でも、ある時に従業員が私を邪魔だって言っているのを偶然聞いちゃって……」

「え、それは誰？　お義父さんに言って解雇して貰おう」

冗談かと思ったけど、伊織さんはスマホを持って今にもお父さんに電話をかけそうな勢いだった。

ほ、本気なの⁉

「わ、わからないんです。忙しい時って短期バイトを雇うこともあるんですが、多分そういう人だったと思います。それがすごくショックで、恥ずかしくて、誰にも言えませんでした」

たくさん泣いたし、仕事の手伝いも数日休んじゃったんだよね。

「今思うと、そこから自信がなくなったのかもしれないです。勘違いして恥ずかしい思いをしないようにって、自分でセーブをかけるようになっちゃって」

そっか、私……あれがキッカケだったんだ。言われて初めて気付いた。

「ちょっと言われただけなのに、それを今になっても引きずってるなんて、それこそ恥ずかしいですね。あはは……」

「いや、恥ずかしくなんてないよ。その時に傷付いたんだね。辛かったね」

伊織さんは箱に添えた私の手を優しく握ってくれた。

その時、幼い頃の私の手も握って貰ったみたいで、心の奥底にずっと沈んでいた悲しさが、粉砂糖みたいになってスッと溶けていくのを感じる。

ああ、伊織さん、好きだなぁ……。

改めて伊織さんへの気持ちを感じると、胸の中が熱くなった。

「伊織さん、ありがとうございます。でも、ずっとこのままじゃダメですよね」

「ダメじゃないけど、自信を持って欲しいな。菫ちゃんは素敵な人なんだから」

「そんなこと……あ、じゃなかった。ありがとうございます」

笑いかけると、伊織さんもそっと微笑んでくれた。

私、変わらないと……。

ちゃんと話し合って、伊織さんの気持ちを確かめて、その時の言葉がどんなものであろうと信じる。

「えっと、開けてもいいですか？」

「もちろん。お腹がいっぱいのところ悪いけど、できれば全種類一口ずつでも食べて貰えたら嬉しいな。菫ちゃんの感想が知りたいんだ」

「わかりました」

缶詰を一つずつ開けて、盛りつけていく。

中身は卵焼き、肉じゃが、焼き鮭、筑前煮、きんぴらごぼう、切り干し大根、かぼちゃの煮物、牛肉のしぐれ煮が入っていた。

「わあ、和風ですね」

「うん、洋食バージョンも今作ってるところ」

「いいですね。日によって食べたいものも違いますし。わあ、盛りつけると、華やかですね」

「少し手間だし、ゴミも増えるけど、菫ちゃんが言っていた通り、こういうのって気持ちが上がるね。すごく大事なことだと思う」

あの災害の時、こういう商品があったらお客様も少しは気持ちが紛れたのにな。

「いただきますね」

「どうぞ、召し上がれ」

一口ずつ食べていく。どれも長期保存できるものとは思えないぐらい美味しい。

「美味しいです。さすが日下部食品で作ったものですね。すごく美味しいです！」

「ありがとう。秋月旅館で長年美味しい食事を口にしてきた菫ちゃんに言って貰えると、自信がつくよ。何か改善した方がいいところとかはないかな？」

「もう十分だと思います。すごいです。これなら普通の日にも食べたいぐらいですよ」

「ありがとう。開発部に伝えるよ。洋食バージョンもできたら味見して貰えないかな？」

「もちろんです。私も食べさせて貰えるのが楽しみです」

数週間後には洋食バージョンもできたので味見させて貰った。

どれもビックリするほど美味しくて、一口だけでいいと言われていたのにペロリと完食してしまったぐらいだ。夕食の後だったのにもかかわらず！

こんなに美味しいのに、もう少し改良してさらに美味しくするらしい。

すごいなぁ……。

その頃になると伊織さんの仕事の忙しさも落ち着いてきて、早く帰ってきてくれるようになった。

伊織さんもそろそろ余裕ができてきたみたいだし、話し合わなくちゃ……！

私はあかねに話し合った方がいいとアドバイスして貰った日から、伊織さんに離婚しようと言うのはやめていた。

言おう、言おうと思っているのに、勇気がなかなか出せずにいた。

あ～……もう、どうして私って意気地なしなの！

もうすぐクリスマスがやってくる。

こんな気持ちのまま、特別な日を迎えたくないなぁ……。

旅館業を営む両親、そして住居が旅館となれば、イベント事はお客様のものだ。

イベント当日はお客様を楽しませるために尽力し、終わる頃にはクタクタで、家族のためにもう一度……という余裕はない。

そんなわけで、私はイベント事を楽しんだことはない。それが当たり前で普通だったから不満や寂しさはなかったけれど、憧れはあった。

だから今年のクリスマスは、私にとって初めてのイベントだった。しかも、好きな人との……！

イブは伊織さんがデートしようと誘ってくれた。

イルミネーションを見に行って、ホテルでディナーをして、そしてそこで泊まることになっている。

自分勝手な気持ちだけど、初めての特別な日の前にハッキリさせたい。

……でも、ハッキリさせたら、その特別な日がなくなってしまう可能性もあるんだよね。

「はぁ……」

もう、こんなことといつまでも考えていたって仕方がないし、キリがない。今日！　今日方を付けよう。

ちなみに今は夕食後で、片付けを終えた後に私は明日の朝食の仕込みをしていた。というのも、料理をしていると気が紛れるから。

大根と鶏肉の煮物、明日の朝には味が滲みて食べ頃になっているはずだ。

今、伊織さんはリビングのソファに座って、テレビを見ている。寛いでいるところを悪いけれど、話し合いをさせて貰おう。

エプロンを外し、ドキドキしながらリビングへ行くと……伊織さんは横になって、スヤスヤ心地よさそうな寝息を立てていた。

あ、寝てる……っ！

奮い立たせた勇気が無駄になるよりも先に、伊織さんの寝顔を見ることができたのに感動する。

エッチの時はいつも私が先に寝ちゃうし、伊織さんの方が起きるのが早いから、こうして寝顔を見るのは初めてだった。

きゃー！　睫毛長い！　肌綺麗！

いつもはカッコいいけど、無防備な状態だからか少し幼く見える。

写真！　写真を……あ、待って。シャッター音で起きちゃう!?

そうだ。シャッター音が出ないアプリ！　探せばあるかも!?　でも、その間に起きたら？　それなら記憶に焼き付けた方がいいに違いない。

「あっ」

ていうか、このままじゃ風邪引いちゃう。寝顔を堪能するのは、毛布をかけてからにしよう。

音を立てないようにリビングを出て自室から毛布を取り、早歩きで戻ってきて伊織さんの身体にそっとかけてあげる。

「はぁ……はぁ……はぁ……」

あまりに早歩きをしたから、息切れを起こしてしまう。実家では早歩きするなんてしょっちゅうだったのに、体力が落ちているのかもしれない。

これじゃあ、伊織さんの寝顔を見て興奮する変態みたいだ。

息を整えなくては……。

何度か深呼吸をしながら、伊織さんの寝顔を堪能した。

途中でうっかりスマホを落として大きな音を出してドキッとしたけど、かなり眠りが深いみたいで起きない。

無防備な寝顔を見ていたら、キスしたり、触れたりしたくなってしまう。

我慢、我慢……そんなことしたら本当に変態だよ。

そうだ。眠ってる伊織さんに協力して貰って、話し合いの練習をしよう。小声でなら大丈夫だよね？

「……っ」

聞いていないってわかっているのに、緊張してしまう。

今から緊張してどうするの？　こんなんじゃ本番でちゃんと言えない。

「…………い、伊織さん、私のこと好きって本当ですか？　離婚する気がなくなるように、言ってくれてるだけだったりします？」

「まさか、本当に菫ちゃんのことが好きだよ」

伊織さんが目を開けたのに驚き、「きゃあ！」と悲鳴を上げた。立っていたら多分腰を抜かしたに違いない。

「伊織さん、いつから起きてたんですか⁉」

「菫ちゃんが毛布をかけてくれた時から」

「ど、どうして寝たふりを？」

「近くに気配を感じたから、キスでもしてくれるのかな、とか、何か悪戯してくれるんじゃないかなって期待して」

「そんなことしませんっ！」

しなくてよかった――……！　じゃなくて、心の準備がまだできてないのに、聞かれてしまった。

いや、さっきはできてたんだけど、もう今日は話し合わないと思ってオフになっちゃったよ。どうしよう。

「床は冷たいよ。こっちにおいで」

伊織さんは身体を起こして、隣をポンと叩く。

私は気まずさを感じながら立ち上がり、少し間を開けて座った。すると彼はその間を詰めて、膝に置いた私の手をそっと握ってくれた。

温かい……。

「あ、の……」

「うん？」

緊張して、声が詰まる。

でも、ここまできたら、ちゃんと話さなくちゃ！　しっかり答えが出るまで、話し合うんだ。

「正直に答えて貰えますか？」

「もちろん、約束するよ。破ったら……そうだな。坊主にでもしようか」

「それは嫌です！」

「あ、嫌なんだ」

「いえ、伊織さんならどんな髪型でも似合うかもしれないですけど……えっと、今の髪型が好みなんです。だから、嘘吐かないでくださいね？」

「わかった」

「……っ……私、伊織さんのことが好きです。本当は離婚したくないです！」

ああ、とうとう言っちゃった……！　ここまで来たら、もう、引き下がれない。

「でも、私の気持ちを優先して、大好きな伊織さんが我慢することになるのは、離婚するよりも絶対嫌なんです。だからこそ、ちゃんと話し合わないといけないと思って……あの、こんなに早く離婚するのは世間体が悪いから了承してくれないのかなって、本当に私のことが好きなんですか？　伊織さんにとっては、仕方なく結婚することになったんですよね？」

緊張しすぎて、涙が出てきた。

伊織さんは私の涙を指で拭うと、キュッと抱きしめてくれた。

「ずっと悩ませてたんだね。ごめん。もっと早くにちゃんと話し合えばよかった。あの時は否定しても、全部嘘にしか聞こえないんじゃないかと思ったんだ。だから俺が菫ちゃんを好きだってことを行動で表して、信じて貰おう。そうすれば、離婚しようなんて言わなくなるかもしれないって思ってたんだ。世間体なんて関係ない。俺は本当に菫ちゃんのことが好きなんだ。だから離婚したくない」

「どうして、私のこと……いつからですか？」

正直に答える約束はしてくれたけれど、あまりにも私にとって都合のよすぎる嬉しい話で、これが夢なんじゃないかって思ってしまう。

「それがいつからか……っていうのはわからないんだ。でも、菫ちゃんを好きだって自覚したのは、菫ちゃんに離婚して欲しいって言われた時だよ」

「えっ！　あの時ですか？」

まさか、あれがキッカケになるなんて……。

「俺は元々結婚願望がなくて……それは両親の影響なんだ」

「え、お義父さんとお義母さんの？」

「うん、あの二人は昔から仮面夫婦で、外に愛人を作ってる。夫婦仲も家族仲も冷めているんだよ。と言っても、物心ついた頃にはそうだったから、温かかった時があったかは不明だけど」

「…………え!?　ええ!?　お二人が!?」

テレビや雑誌でおしどり夫婦と紹介されていたのは知っていた。でも、実際に見ても本当にそうだと感じていたあの二人が？

「そう、仲のいい夫婦に見えるだろ？　でも、違うんだ。そう演技しているんだ。秋月旅館に毎年行っていたのも、仲のいい家族を演じるためにだったんだよ。家族仲がいいイコール長い休みには旅行に行くのが普通だろうってね」

「ご両親が不仲だったから、伊織さんは結婚したくなかったんですか？」

「ああ、空しいだろう？　そんな関係なんてさ」

自分の両親がそうだったらと想像したら、胸が苦しくなる。伊織さんはこんな思いをして、成長してきたんだ。

想像だけでも辛かったのに、実際にだなんて……どれだけ苦しく、寂しい思いをしたんだろう。

「だから結婚するつもりはなかったんだ。それに恋愛も向いてないなって……引かれちゃうかもしれないけど、正直に言うよ。自分以外の誰かに時間を割くのは、面倒で嫌だったんだ」

「意外です。だって私にはあんなに色々してくれて……あ、もしかして、すごく無理してくれてましたか？」

「いや、違うよ。菫ちゃんは特別で、面倒だなんて一度も思ったことない。菫ちゃんが喜んでくれることを想像するのも、準備するのも楽しいんだ。自分の中でこんな感情があるなんて知らなかった。知れてよかったよ。今がすごく幸せなんだ」

伊織さんは私の髪を優しく撫でながら話してくれる。それがとても心地よくて、自然と目が細くなった。

「誰かと結婚するなんて、想像するだけでもゾッとしてたんだ。だから絶対に結婚なんてしないと決めていたのに、父さんから秋月旅館が経営破綻寸前だ、結婚するなら資金援助をしてもいいって言われた時、菫ちゃんとの生活を想像したら、ちっとも嫌じゃなかった。思えばあの頃からキミのことが好きだったんだろうね」

夢みたい……。

嬉しくて、拭って貰ったばかりなのにどんどん涙が溢れてくる。

「また、泣かせちゃったね。俺が気付くのに遅れて、菫ちゃんを不安にさせてごめん」

私は首を左右に振った。

「……っ……違うんです。私が自分に自信を持てないせいで、伊織さんのことを信じられずにごめんなさい」

「でも、勇気を出して聞いてくれた。まさか寝てる時に聞かれるとは思わなかったけど。俺が起きなかったらどうするつもりだったの？」

クスクス笑われ、顔が熱くなる。

「あ、あれは、練習のつもりだったんです。練習しておけば、本番で緊張しないかと思って……」

「ふふ、そうだったんだ」

「まさか、両想いだったなんて……夢みたいです」

じゃあ、私がやってきた数々は、単なるワガママになっちゃってたんだ。

「伊織さん、ごめんなさい……。私、離婚したいって言った後から、何々が欲しいとか、夕食作りたくないとか、たくさんワガママを言ったじゃないですか？　あれ、伊織さんに嫌いになって貰おうと思って、思いつくままに言ってたんです。嫌われたら離婚して貰えると思って……でも、伊織さんは心が広くて、ちっとも嫌な顔をせずに全部叶えてくれましたよね。本当にごめんなさい」

「え……あれ、俺におねだりしてくれるくらい心を許してくれたんだって思って嬉しかったんだけど、菫ちゃんがして欲しいことを言ってくれたわけじゃないの？」

「…………嬉しかった⁉　え、あの最悪なワガママの数々がですか？」

「ワガママ……というか、おねだりだと思ってたんだよ」

あれがおねだり⁉　伊織さん、心が広すぎる……！

「ご、ごめんなさい。して欲しいことを言ったわけじゃなかったです」

「そうだったんだ」

伊織さんはガックリと肩を落とし、ため息を吐いた。

「本当にごめんなさい！」

「これからは本当にして欲しいことをおねだりしてくれるって約束してくれる？」

「はい、約束します」

「それから、もう二度と俺から離れようなんて考えないで」

伊織さんの手に、ギュッと力がこめられる。私も彼の背中に回した手に力を入れ返した。

「はい、絶対離れません……！」

身体を離して見つめ合い、どちらからともなく唇を重ねた。ちゅ、ちゅ、と唇を吸い合い、舌を絡め合う。

「ん……はぁ……んん……」

伊織さんとのキスはいつも気持ちがいいけれど、今日は一際感じてしまう。

あんなワガママをおねだりだなんて、伊織さんったら本当に優しい人――……。

ぼんやりしてきた頭の中で、何かが引っかかる。

あれ？　何？　私、何に引っかかってるの？

ぼんやりと目を開けると、横目にフローリングが映る。

フローリング……。

数か月前、そこに転がしておいた大人のおもちゃを思い出し、湯気が出そうなぐらい顔が熱くなった。

「あ……っ！　伊織ひゃんっ！」

キスで舌がとろけて、変な呼び方になってますます恥ずかしい。

「ふふ、どうしたの？」

「わ、私……大人のおもちゃに興味があるだなんて嘘です！」

ああ、ようやく否定できた！

これは、絶対に誤解だって わかって貰わないと、恥ずかしくて死ぬ！

「そうなんだ」

伊織さんはにっこり笑って、そう答えた。さっきはすぐ信じてくれたのに、今は信じてくれてないよね!?

「ほ、本当なんです。伊織さんが優しすぎてワガママじゃ嫌ってくれなさそうだったので、別の作戦でいくことにして……」

「それが大人のおもちゃ?」

「そうです。大人のおもちゃを彼氏に見られて、ドン引きされて振られた子が友達の友達にいて、それで私も……と思って。だから、興味があったなんて嘘なんです!」

「そうだったんだ」

伊織さんはまた、にっこり笑う。

「もう、信じてないじゃないですか!」

「ううん、信じてるよ。でも、あのおもちゃに感じてたのは事実だよね?」

「……っ」

伊織さんはきっと今、私があの大人のおもちゃで感じていた姿を思い出しているのだろう。

うう、やめて! 思い出さないで!

しかも私たちはあの後、何回かあの大人のおもちゃを使いながらエッチしていた。

「ち、違います」

「本当に？　毎回すごく感じてたように見えたよ。ぐしょ濡れだったし、クリも穴もヒクヒク疼いてたけど」

「ぐ……っ……具体的に言わないでください！」

思わず伊織さんの口を両手で押さえると、手の平をペロリと舐められて変な声が出た。

「ひゃんっ」

手を引っ込めると伊織さんに摑まれ、指を絡められた。指の間を撫でられると、ゾクゾクする。

「興味はなかったけど、目覚めちゃったんだね」

「そ、そういうわけでは……」

正直に言うと、二度と使わないとなるとガッカリしちゃうぐらいハマってしまってる。だけど、そんなの言えるわけない。

「ふふ、違うの？」

次の言葉がなかなか見つからなくて無言でいると、伊織さんがクスッと笑う。

「でも、俺は結構好きだから、付き合って欲しいな」

私の心なんて見透かしてるみたい。私が恥ずかしくて言えないのをわかってるから、そうやって聞いてくれるのだ。

伊織さんのこういうところ、ズルい……。

熱い頭を縦に動かすと、伊織さんが服の上からブラを外してくる。

「あ……伊織さん、待って……寝室……伊織さんの部屋か、私の部屋に行きたいです……」

「ここじゃ嫌？」

「嫌じゃないです。でも、終わった後に、伊織さんにくっ付いて寝たいんです。だから……ダメですか？　私の部屋でなら、伊織さんは終わった後、部屋に帰っちゃ嫌です。伊織さんの部屋なら、部屋に帰らないでそのまま泊まりたいです」

両想いだってわかったら、いつもは言えないことも口にできる。

伊織さんは私の唇にちゅ、ちゅ、とキスし、ギュッと抱きしめてくれた。

「ダメなわけがないよ。最高のおねだりだ」

伊織さんは私を横抱きにすると、リビングを出た。

「あっ！　伊織さん、私自分で歩けますから」

「俺がこうしたいんだよ。俺のおねだりも聞いて」

と苦しい。

「はい……」

歩いている間も、伊織さんは私にキスしてくれる。愛情が伝わってきて、胸がキュウッ

好きという気持ちで、溺れてしまいそうだ。

伊織さんは自室に入った。

リビングから一番近いのは、彼の部屋だからなのだろう。私をベッドに座らせると、隣に座ってキスをしながら服を脱がせてくる。

「ん……んん……」

服を全部脱がされたところで伊織さんもカットソーを脱ぎ、私を押し倒した。

「伊織さんのベッドでするの、すごく好きです」

「どうして?」

「伊織さんの香りがして、もっとドキドキするから……」

ああ、私、こんなに大胆なことが言えたんだ。

両想いってすごい。素直に自分がどれくらい好きかっていうのを伝えられるのは、なんて幸せなことなんだろう。

するとと伊織さんは私の胸の間に顔を埋め、大きなため息を吐いた。胸に熱い息がかかっ

て、身体がビクッと反応してしまう。

「ぁ……っ……い、伊織さん?」

「菫ちゃん、キミはどうしてそんなに可愛いの? これ以上俺を夢中にさせてどうするつもり?」

素直に気持ちを伝えただけなのに、受け止めてくれただけじゃなく可愛いと言って貰えるのが嬉しくて堪らない。

「それはこっちのセリフです。私、北海道で片想いをしていた時より、ずっと伊織さんのことが好きになっちゃいました」

胸の間にある伊織さんの頭を抱きしめると、彼はそこに吸い付いてくる。

「んっ」

こっちにもキスして欲しいと主張するように、胸の先端がツンと起ち上がった。

「俺もだよ。日に日に菫ちゃんを好きになっていく。とっくにどうしようもないぐらい好きなのに、不思議だね」

伊織さんは顔を上げると起ち上がった胸の先端の片方を指で、もう片方を唇と舌で可愛がり始める。

「ぁん……っ……んんっ……は……」

待ち望んでいた刺激を受けた身体は震え、膣口からはもうすぐに入れられても問題ないぐらい蜜が溢れていた。

「それから……菫ちゃんの身体は、日に日に敏感になってるみたいだけど、気のせいじゃないよね？」

胸の先端をチュッと吸われ、一際大きな声が出た。

「ぁんっ！」

「ほら、ね？」

胸を可愛がられているうちに、秘部がジンジンしてきた。早く触って欲しくて、早く入れて欲しくて切ない。

そんな私の気持ちを察したのか、伊織さんの長い指が割れ目の間をなぞった。

「ん……ぁっ……」

指が動くたびにクチュクチュとエッチな音が聞こえて、羞恥心が煽られ、よりいっそう興奮する。

「もうこんなに濡れてくれてたなんて嬉しいな」

伊織さんは親指で敏感な粒を撫で転がしながら、中指を膣口に入れてくる。

「ぁ……っ……んんっ……」

中にある感じる場所をノックするように押され、同時に敏感な粒を転がされると気持ちよくて堪らない。

空いている手でさらに胸も可愛がられ、足元から何かがゾクゾクとせり上がってくるのを感じた。

「初めての時はあんなに痛がってたけれど、今はこんなに気持ちよくなれるようになったね」

「ん……ぁっ……んんっ……伊織さんが……んっ……教えてくれた……から……ぁん……んっ……んんっ」

「ふふ、そうだね。俺が教えた……」

「ぁ……っ……もう……イッちゃ……ぁっ……あぁ……っ……あぁぁぁっ」

私は伊織さんの指をギュウギュウに締め付けながら、大きな嬌声を上げて絶頂に達した。

気持ちいいし、幸せだし、今、私、もう死んじゃってもいいぐらい……。

「ふふ、菫ちゃんのイキ顔、可愛い……」

「そ、そんなの可愛くないです。見ないでください」

「可愛いよ。世界で一番可愛い」

伊織さんはゆっくり指を引き抜くと、私の唇にちゅ、ちゅ、と触れるだけの優しいキスをしてくれる。

目がトロリととろけて、気を抜いたら上瞼と下瞼がくっ付いてしまいそう。

「……そういえばさ、菫ちゃんが離婚したいって言った日……俺にポジティブな話があるって言ってたでしょ?」

「はい、言いましたね」

「あれ、妊娠したんじゃないかって思った」

「えっ!　………あ、考えてみれば、確かにそれっぽい流れに感じますね」

「もしかしたら……!　って喜んじゃったよ」

伊織さんは結婚願望がなかったって言ってたけど、子供のことはどうなんだろう。

私が酔って夢だと思ってた時は、子供を産んでくれる?　って言ってたけど……。

「えっと、喜んでくれた……ってことは、伊織さんは子供が欲しいって思っていいんですか?」

「うん、前までは結婚したくないし、子供もいらないと思ってたんだけど、菫ちゃんと結婚してから考えが変わったんだ。菫ちゃんとの子供ならすごく欲しい。想像するだけで愛おしいんだ」

優しい目で私との子供のことを語る伊織さんを見ていると、好きという気持ちが溢れて胸が苦しい。そしてそれが心地いい。

「菫ちゃんは、子供が欲しいと思う？　避妊して欲しいって言ってたし、もしかして欲しくなかったかな」

「あっ！　いえ、違います。離婚するのに、子供を作るのは……と思ってたからです。私も伊織さんの子供が欲しいです」

ギュッと抱きつくと、幸せで胸がいっぱいになる。

伊織さんの大きくなったアレが当たって、お腹の奥が疼き出す。

早く、中に欲しい……。

そんなことを思ってしまうと、伊織さんが私の割れ目の間にアレを挟み込んできて、ゆっくりと上下に揺らした。

「ぁ……っ……んんっ」

「……ねえ、今日作っちゃう？」

耳元で囁くように尋ねられると、ゾクゾクする。

敏感な粒が擦れて、甘い快感がそこから全身に広がっていく。早く中に欲しくて、腰をくねらせてしまう。

「ン……っ……はい……作りたい……です」

「じゃあ、このまま入れるね」

アレを膣口に宛がわれると、これから与えられる快感を想像してお腹の奥がキュンと疼く。

伊織さんはゆっくりと腰を落とし、私の中をズププと押し広げていく。

「ぁ……あぁ……」

「……っ……菫ちゃんの中……あったかいね……」

「伊織……さんも……あったかい……です……ぁ……あぁ……っ」

奥までみっちり埋められると、心まで満たされるみたいだった。伊織さんはすぐに腰を動かし始め、私の中に甘い刺激が広がっていく。

「ぁ……っ……んんっ……ぁっ……ぁっ……あぁっ……！」

突き上げられるたびに声が漏れ、あまりの快感に頭がぼんやりして何も考えられなくなる。

「菫ちゃん……の中……生だと……いつも以上に気持ちいいよ……」

「私も……んっ……ぁ……っ……気持ち……んっ……ぃっ……んんっ……ぁっ……ぁんっ」

何もつけていないから、伊織さんの温もりがいつもより熱く感じる。あんなに薄いものをつけているだけなのに、こんなに違うなんて不思議だ。

動くたびに中から愛液が掻き出され、お尻まで伝ってシーツに染みを作っているのがわかる。

抜けそうなほど腰を引かれて強く突かれていたかと思えば、奥深くに埋めて左右に揺さぶられた。

「ぁんっ……や……抜けちゃ……ぁっ……ン……深……っ……は……ぅ……あぁ……っ」

「ふふ、すごい締め付けだね」

「ん……っ……だって、伊織さんが……んっんっ……気持ちよくするから……ぁんっ」

予測できない動きが気持ちよすぎて、自分が自分じゃなくなりそうな感覚に陥って伊織さんにギュッとしがみつく。

伊織さんの香りが鼻腔をくすぐり、より興奮してしまう。

「可愛い……菫ちゃん、もっと気持ちよくしてあげるよ」

伊織さんは腰を動かしながら、指で敏感な粒を撫で転がし始めた。

「ぁ……っ！」

足元から何かがものすごい勢いでせり上がってきたのを感じた瞬間、私は伊織さんのアレを強く締め付けながら絶頂に達した。

「……っ……イッた……ね。イッてる最中の菫ちゃんの中……最高に気持ちいい……ヒクヒクして……俺のをギュウギュウに締め付けてくる……」

イッてる最中も伊織さんは激しく突き上げてきて、おかしくなりそうなぐらい中がヒクヒク収縮を繰り返しているのがわかった。

「や……んんっ……お、おかしくなっちゃ……あっ……あぁっ……ひぅっ……ぁんっ！」

「俺も……イキそうだ……菫ちゃん、キスして……」

伊織さんが重ねてくる唇を夢中になって吸い、舌を絡める。

「ん……ふ……んんっ……ふ……んん……っ」

伊織さんはより激しく腰を動かし、熱い吐息と共に私の一番奥で欲望を弾けさせた。

伊織さんとの赤ちゃん、きっと可愛いだろうなぁ……伊織さんにたくさん似て欲しいな。

幸せで胸がいっぱい。抱かれた余韻に浸っていると、伊織さんが再び腰を動かし始めた。

「ぁんっ！　は……んんっ……い、伊織……さん？」

何度か擦ると伊織さんのアレは硬さを取り戻し、私の中を刺激していく。今出したものと私の愛液が掻き出されて、さっき以上にエッチな音が聞こえる。

「一度じゃ足りない。もう一回愛させて」

「あ……う、嘘……私、おかしくなっちゃいそうです……ぁっ……あぁっ……や……んんっ」

「おかしくなった菫ちゃんも見たい。だからお願い」

少し甘えたような声で言われるとキュンとして、断れるはずもなければ、私も実はおかしくなるくらいしてみたいと思ってしまう。

でも、まさかそんなことは言えないから、少しだけ勿体ぶってみることにした。

「……好きって言ってくれたら、いいですよ?」

すると伊織さんはクスッと笑って、額にチュッとキスしてくれる。

「もちろん、何度だって言うよ。大好きだよ、菫ちゃん。愛してる」

「もっと……」

「ふふ、大好きだよ」

「もっともっと……」

伊織さんは何度も好きだって言いながら、私を愛してくれた。

こんな幸せな気持ちになれるなら、どれだけ求められてもいいと思っていたけれど、実際伊織さんは二回だけじゃ足りずに三回、四回と回数を重ね、翌日の私はお昼を過ぎても起きられなかったのだった。

第七章　一番の幸運

伊織さんと結婚してから、一年が経った。季節は春になり、ただ歩いているだけでとても幸せな気分になれる。

あれから日下部食品は『災害用九種のおかずセット』を販売し、大ヒットさせることに成功した。

同時期に発売した知恵さんの商品も売れたけど、日下部食品の方が五倍も売り上げを伸ばしていて、伊織さんが勝利を収めることになった。

知恵さんはまた災害用食品で勝負しようと持ち掛けてきた。でも、災害用の商品で競っても仕方ない。

勝負なんかするよりも協力して、消費者にたくさんの災害用食品を知って貰える場を作った方がいいんじゃないかと提案した。

知恵さんもそれに同意し、他の食品会社も誘っての災害用食品フェアを開催して、さらなる成功を収めたのだった。

日下部食品では祝賀パーティーが開かれ、私も参加することになった。

伊織さんは私が出したアイディアだと皆さんに言ってくれていたみたいで、たくさんの人たちに褒められた。

こんなに褒められたのは生まれて初めてで、どう反応していいかわからなくて変な笑みを浮かべて、冷や汗をかいてしまった。

「「乾杯」」

祝賀会から数日後の週末、私たちは家でもお祝いをすることにした。

ローストビーフ、付け合わせにはマッシュポテトとエリンギとぶなしめじのソテー、それからオニオンスープとナスとベーコンのニョッキを作って、ケーキは近所にある美味しいお店で注文した。

メッセージプレートも付けてくれるとのことだったので、『大成功おめでとうございます』と書いて貰った。

「すごいご馳走だね。うん、美味しい」

「張り切りすぎちゃいました」

我ながら上手にできていたし、気持ちが盛り上がって、ついお酒が進む。伊織さんもいつもより飲んでいるみたいだった。

「祝賀会で食べた料理よりずっと美味しいよ」

「ふふ、それは言いすぎです。一流シェフが作った料理には敵いませんよ」

「俺は一流シェフが作った料理より、菫ちゃんの料理の方が美味しい。毎日食べられて幸せだな」

くぅぅぅ〜……！

結婚して一年が経った今でも、伊織さんへの好きの気持ちが大きく膨れ上がっていた。いつか破裂しそうで怖い！

「ところで伊織さん、いつになったらお金を受け取って貰えるんですか？」

両想いがわかった後もずっとお金を受け取って欲しいとお願いしているのに、伊織さんは頑として首を縦に振ってくれずにいた。

「受け取らない。それに菫ちゃんのアイディアで作った商品、融資したお金以上の売り上げになると思うよ。これは実質、菫ちゃんから貰ったってことだよね」

「違います！　あげてません！」

「あはは」

「笑って誤魔化さないでくださいっ」

宝くじが当たったことはものすごいラッキーだったけど、伊織さんと結婚できて、彼も私を好きになってくれたことはさらなる幸運だ。

ワイン一本はすぐに空いた。

最初はローストビーフに合わせて赤ワインだったので、次はショートケーキに合わせてスパークリングワインを開ける。

元々甘さ控えめのクリームではあるけれど、スパークリングワインのおかげでサッパリと食べることができて食べすぎてしまう。

酔いが回ってきたのとお腹がいっぱいになったことで眠くなってきた私は、瞼が落ちてくるのを必死に我慢する。

寝たら、今日が終わっちゃう……楽しいし、まだ、終わりたくない。

「菫ちゃん、眠い？　そろそろベッドに行こうか」

「ん……はい……ああ、歯磨きしないと……」

「俺が磨いてあげようか？」

「ふふ、甘やかしすぎです。自分で磨けます」

そして私たちは両想いなのがわかったことをキッカケに別々に寝るのをやめ、余っている部屋に夫婦の寝室を作った。

どちらかの部屋に一日だけ泊まることはあっても、毎日一緒に誰かと寝るのは初めてだから、熟睡できるかな〜……とか、逆に伊織さんが眠れなかったらどうしようとか色々考えた。

でも、むしろ一緒の方が安心できるからなのか、気持ちが満たされるからなのか熟睡できたし、伊織さんも同じだって言ってくれた。

気を遣ってそう言ってくれているのかと思いきや、深く眠りすぎて目覚ましのアラームが鳴っても起きない時もあって本当だとわかった。それを見ていると、嬉しくて堪らない。

二人で歯磨きを済ませて、私だけ先にベッドに入る。

お酒を飲むから眠くてお風呂が辛くなるだろうと思って、先に入っておいたのだ。私、大正解！　今、すごく怠い。

伊織さんは食器を片付けてくれた後、シャワーを浴びに行った。

「はぁぁ〜……」

ベッドで寝転んでいるのが心地いい。伊織さんが来るまで待っていたかったのに、瞼が重くてウトウトしてしまう。

パシャッという音が聞こえた気がして、遠ざかった意識が戻ってきた。

なんの音？

目を開けると、伊織さんがスマホを向けていた。

「あ、ごめん。起こしちゃったね」

「伊織さん……あっ」

伊織さんが私の不細工な寝顔を撮り溜めたフォルダを作っていることを思い出し、起き上がってスマホを奪い取った。

「あっ」

「もう、また変な顔を撮ってますね、!?」

「変な顔じゃないよ。可愛い顔だよ」

「変なんですっ！　もう、消しますから」

「消しても大丈夫だよ。自動でバックアップするように設定してあるから」

「ええっ!?」

このスマホの中だけじゃなく、別の場所にもこの間抜けな顔が保存されていると思ったら、頭を抱えたくなる。

スクロールしても間抜けな顔が続いていて、消すのが億劫になった。だって、どうせ保存されているのだ。

次々表示される自分の間抜けな顔にうんざりしていると、通知欄に知恵さんの名前と『私は菫さんのアイディアに負けたのであって、あんたに負けたわけじゃない』というメッセージがパッと表示された。

「じゃあ、いいです……今、通知見ちゃったんですけど、知恵さんからメッセージが来ましたよ」

「知恵から？」

伊織さんはメッセージを確認すると、「血気盛んだなぁ」とため息を吐いてスマホをサイドテーブルに置いた。

「菫ちゃん、喉渇いてない？　水持ってきたよ」

そういえば伊織さんって、知恵さんは呼び捨てだけど、私のことはずっと「ちゃん」付けだ。

「……」

「菫ちゃん？」

酔っているせいかな。不満が沸々と湧いてきて、黙っていられなくなりそう。

私は黙って伊織さんの手からペットボトルを取り、お水をゴクゴクと流し込んでも、湧いた不満は喉にくっ付いたままだった。

「どうして私のことは、呼び捨てにしてくれないんですか？」

「え？」

「知恵さんのことは『知恵』って呼ぶのに、私だけいつまでも『ちゃん』付けじゃないですかっ！　私は伊織さんの奥さんなのにっ！」

思わず捲し立ててしまうと、伊織さんが目を丸くして嬉しそうに笑った。

「ふふ、大分酔ってるね」

「だって、飲みましたもん」

たくさん飲んで酔っているのは事実だから、否定しない。うまくペットボトルの蓋が閉められずにいると、伊織さんが代わりに閉めてくれた。

「そういえば、そうだね。小さい頃から菫ちゃんって呼んでたから、ずっと自然に『ちゃん』付けしてたけど、変えてみようか」

「はい！　お願いします」

「菫」

伊織さんはにっこりと微笑んで、私の髪を撫でる。

「……っ」

ただ名前を呼んで貰っただけなのに、「好き」って言われた時と同じぐらいドキドキしてしまう。

「菫？　どうしたの？」

「な、なんか照れちゃいますね」

気恥ずかしさを誤魔化すように抱きつくと、伊織さんが優しく頭を撫でてくれる。

「ふふ、可愛い。ねえ、菫も俺のこと伊織って呼んでよ」

「えっ！　ええっ」

予測できる自然な流れなのに、まさか自分も呼び捨てにして欲しいと言われるとは思っていなくて狼狽してしまう。

「い、伊織……」

顔が熱くなって、思わず伊織の胸に擦りつけた。

「照れすぎだよ。可愛いなぁ……違った感じで呼ばれるのも、新鮮でいいね」

「でも、なんか変な感じです」

身体を離すと、伊織は私と違って余裕の笑みを浮かべている。

もう、私ばっかりドキドキさせられちゃって……。

伊織にも、ドキドキして貰いたい！

酔った勢いもあって、私は大胆なことを思いついた。

「菫？　ん……っ」

私は自ら伊織の唇を深く奪い、パジャマの上から胸をなぞった。すると彼が腰に手を回してきて、背中をなぞる。

「ん……ふふ、どうしたの？　積極的だね」

「伊織をドキドキさせようと思って……嫌、ですか？」

「まさかだよ。嬉しいな。楽しみ」

私の背中を撫でていた手が、お尻に触れた。

「ぁ……っ……伊織は、エッチなことするの禁止です」

「なるべく努力するよ」

さっきまで洗面所から寝室に行くだけでも、パジャマに着替えるのすらも怠かったのに、伊織に触れるのは少しもそうは思わない。

伊織を押し倒した私は彼の上に覆い被さり、パジャマのボタンを外していく。すると逞しい胸板が見えた。

無駄な贅肉が一つもない、キュッと引き締まった身体はとても綺麗で、つい見惚れてしまう。

いつも伊織から触れて貰うばかりで、私からしたことは実は一度もない。したい！　という気持ちはあったんだけど、恥ずかしくて言い出せなかった。

でも、今はワクワクする気持ちの方が大きい。お酒の力ってすごい。

伊織の胸は硬い。でも、乳首はフニュッとしていて柔らかいから不思議だ。その感触を夢中になって指で堪能していると、だんだん硬くなっていく。

伊織も舐めたら、気持ちよくなってくれるかな。

いつも伊織がそうしてくれているように、私も伊織の胸の先端を舐めた。すると彼が身体を震わせて小さく笑う。

「伊織？」

「ごめん。くすぐったくて……」

気持ちよくするはずだったのに！　私のテクニックが未熟だからなのかな……でも、私も初めての時はそうだったかも。

「でも、それが気持ちいいから、もっとして欲しい」

「はいっ！」

指と舌で両方刺激したいのに、どっちかに集中すると、どちらかが疎かになってしまう。難しいけど……。

「ん……っ……ふふ……はぁ……ん……」

くすぐったさを堪えながらも、わずかに気持ちよさそうに息を漏らす伊織を見ていると興奮して、触れられてもいないのに秘部がムズムズして濡れてくるのがわかる。

もう、ショーツまでグショグショかも……。

「菫の顔、すごくエッチだね。興奮する……」

「ん……恥ずかしいから、見ちゃ嫌でしょ……」

「ふふ、可愛いなぁ……」

伊織の手が伸びてきて、私の胸に触れてくる。

「あっ」

パジャマの上から胸の先端に触れられ、初めて尖っていることに気が付いた。

「乳首、起ってるね。俺もしゃぶりたいな」

「ぁ……っ……エッチなことは禁止って言ったのに……」

「こんなに魅力的なんだから、近くにあったら触りたくなるよ」

魅力的という言葉に喜んで、許してしまいそうになる。

胸の先端を爪でカリッと引っかかれると力が抜けて、身を任せたいという強い衝動が押し寄せた。

ダ、ダメ……このままじゃ、伊織を気持ちよくできなくなっちゃう！

「もう、ダメですよ」

そうだ！

伊織の手を一まとめにして、脱がせたパジャマを使って頭の上で縛った。

酔っているのでゆるゆるにしか結べない。手を左右に動かせばすぐに解けるくらいなのだけど、伊織は黙って捕まったままでいてくれる。

「ふふ、これでもう悪戯はできませんよ？」

「あーあ、捕まっちゃった。というか、菫にこんな趣味があるなんて知らなかったな？」

「しゅ、趣味じゃ……」

でも、身動きできない伊織を見ていると、なんだかゾクゾクして興奮してしまう。

え、あれ？　私って、こういう趣味があったの？

伊織の身体にキスしながらまた胸の先端を可愛がっていると、ボトムスの真ん中が膨らんでいることに気が付いた。

あ、大きくなってくれてる。

ボトムスを下ろすと、大きくなった伊織のアレが勢いよく飛び出した。

「あっ！」

「菫に触られて、こんなになっちゃったよ。それも気持ちよくしてくれる？　手だけじゃなくて、口でも」

手で扱かされたことはあったけど、口でしてなんておねだりされるのは初めてだ。嬉しくて舞い上がってしまう。

「もちろんです。上手にできるかわからないですけど、頑張りますね」

伊織のアレを手で掴むと、「あ、待って」と止められた。

「えっ！　や、やだ！　痛かったですか!?　酔ってるから、力加減ができなかったかも……ごめんなさい……！」

「ううん、痛くなんてないから安心して。菫に脱いで欲しいなと思って」

「よかった……でも、どうして脱ぐんですか？」

「菫のエッチな身体が見たいからだよ」

「わかりました」

酔っているから、大胆な気持ちになれる。

私はパジャマを脱いで、生まれたままの姿になった。伊織の熱い視線を感じると、お腹の奥が熱くなって、またトロリと愛液が溢れる。

「綺麗だよ。菫」

綺麗な伊織に言われると、恥ずかしくなってしまう。

「えっと、触ります……ね？」

「うん、たくさん触って」

「……舐めてもいいです？」

「もちろん、嬉しいな」

伊織のアレを手で撫でながら、ペロリと舐めてみる。

確かソフトクリームを舐めるみたいにするんだっけ……。

基礎知識は、ネットで収集済みだ。

でも、酔った頭ではなかなか思い出すことができなくて、未経験なこともあって拙い動きしかできない。

でも、伊織は気持ちよさそうに息を乱し、舐めているアレはどんどん硬さを増していた。

「菫……気持ちいいよ。ちっちゃい口いっぱいに頬張って……はぁ……んん……すごく可愛い……」

伊織の熱い視線を感じると、また膣口から新たな蜜が溢れる。切なげに名前を呼ばれると、ときめいてしまう。

「ん……伊織……気持ちよくなってくれて……嬉しいです……」

口の中で舐めているモノを早く受け入れたいというように、お腹の奥が切なくて堪らない。

もう、自分で触ってしまいたくなるくらい……。

ああ、どうしよう。でも、そんなことできない。

自分の欲求と葛藤しながら伊織のアレを舐めていると、彼が私の髪を優しく撫でてくれる。

「菫、このままだとイッちゃいそうだから、菫の中に入りたいな……一緒に気持ちよくなりたいんだ」

一瞬、自分の考えていることがバレてしまったのかと思った。

「……っ……わ、わかりました」

私は身体を起こして膝で立ち、伊織の上に跨った。

「待って、菫も気持ちよくして、ちゃんと濡らさないと」

伊織はゆるゆるに結ばれていた手を解き、私が挿入しないように腰を掴んだ。

「あ……っ……大丈夫です。私、もう……」

すると伊織が、割れ目の間に指を伸ばす。

指先が敏感な粒と擦れて甘い刺激がそこから全身に走り、クチュクチュとエッチな音が響く。

「ぁんっ」

「こんなに濡れてたなんて……俺のを舐めながら、興奮してたんだ?」

「ん……っ……だって、伊織が気持ちよくなってくれるの……嬉しくて……ぁっ……あぁっ……」

指を動かしながら尋ねられ、私はビクビク身悶えを繰り返し、正直な気持ちを話す。

「俺もいつもそうだよ。菫が感じてくれると嬉しくて、すごく興奮する」

伊織は私の割れ目の間から指を抜くと、膣口に硬くなったアレを宛がう。

「二人で気持ちよくなろうか」

「ん……ぁ……っ」

私は頷いて、伊織に支えられながらゆっくり腰を下ろしていく。

体重がかかっているせいか、伊織をより深くに感じてゾクゾクする。

「大丈夫?」

「は、はい……」

私が上になるのは、初めてだった。

「ん……ぁっ……んんっ」

ぎこちなく腰を動かすと中で伊織のが擦れ、待ち望んでいた刺激がそこから全身に伝わっていく。

「ぁ……んんっ……は……っ……」

三回動かしたところで気持ちよすぎて動けなくなってしまった。

「ふふ、動けなくなっちゃった？」

「ん……気持ちよすぎ……て……ん……はぁ……ご、ごめんなさい……」

早く動いて、もっと気持ちよくなって欲しいし、私も刺激が欲しい。でも、どうしても動けない。

「大丈夫だよ。俺が動けるから」

伊織は私の腰を摑むと、下から突き上げてきた。

「ふ……ぁ……っ……ぁんっ……あぁ……っ……ごめんな……さ……っ……」

「いいんだよ。菫が上になってくれるなんて初めてだね。それも自分からしてくれるなんて嬉しい。ものすごく気持よかったし、興奮した」

激しく突かれると身体が浮き上がり、沈むと奥深くに当たる。あまりにも気持ちよくて、どうにかなってしまいそうだ。

「いい眺めだね。菫の胸が上下に揺れて、すごくエッチだよ。動画に残したくなっちゃうな」

「や……んんっ……そんなの……ダメ……っ……ぁんっ……です……っ……あぁっ……」

「嫌だ？　じゃあ、このエッチな姿をいつでも思い出せるように、記憶に焼き付けないとね」

こんな姿を見られるのも、目を合わせるのも恥ずかしい。

でも、私を熱い目で見上げる伊織の色っぽい表情を見逃せないから視線を逸らせなかった。

「菫はいつも可愛くて色っぽいけど、俺に抱かれてる時が一番綺麗だよ」

「んっ……ぁ……っ……本当……っ……ン……です……か……？」

「本当だよ。嬉しいことにね」

好きな人に、綺麗だって思って貰えて嬉しい。

誰の目にどう映っていてもいいから、伊織にだけはずっと綺麗だって感じて貰いたい。

「ん……ぁんっ……ぁあっ……伊織さんっ……気持ちぃ……っ……ん……ぁっ……ぁあんっ！　あぁっ」

「『伊織さん』じゃなくて、『伊織』でしょ？」

根元まで入った状態で左右に揺らされると膣口がわずかに広がって、その感覚が心地よくてゾクゾクする。

「あぁ……っ……い……っ……伊織……」

「ふふ、よくできました」

ご褒美だというように、激しく突き上げてきた。

足元からゾクゾクと何かがせり上がってくるのを感じ、絶頂が近付いてきているのだと悟る。

「あっ……あっ……伊織さん……も……っ……私、イッちゃ……あっ……ぁン！　あぁぁ……」

「ふふ、また呼び方が元に戻っちゃってるね。慣れるまで仕方ないか。俺もそろそろイキそうだよ……一緒にイッちゃおうか」

伊織がより激しく突き上げてきて、私はあまりに感じすぎて身体を起こしていられず、彼の上にもたれかかってその動きを受け止める。

伊織に任せっきりで、もう上に乗ってる意味なんてあるかわからない。

伊織は私の体重がかかっている分腰が辛いと思うけど、体位を変えている余裕なんてなかった。

「あんっ！　あぁっ！　も、もうイッちゃ……あっ……ン……あぁぁぁあっ！」

足元からせり上がってきた何かが頭の天辺まで突き抜けていき、私は大きな嬌声を上げて達した。

中がギュッと締まると、伊織のアレの形をより感じて心地いい。伊織も私とほぼ同時に達し、動きを止めて私を強く抱きしめる。

伊織のアレがドクドク脈打ち、私の一番奥でたくさん出ているのがわかった。

「同時にイけたね」

「はい」

ちゅ、ちゅ、と唇をくっ付け合っていたら、幸せで胸の中がいっぱいになっていく。

「あ……ごめんなさい。重いですよね。すぐ退けます」

「大丈夫だよ。だから、まだこうやって華を乗せていたい。離れたくないんだ」

「ふふ、じゃあ、もう少しだけ……」

伊織は冷えないようにと私の背中にブランケットをかけて、ギュッと抱きしめてくれた。

ああ……本当になんて幸せなんだろう。伊織と結婚した日から、毎日そう思ってる。

きっとおばあちゃんになっても、こうして幸せを噛み締めて過ごすんだろうな。

あれから三年が経つ。

「綺麗だね。それに露天風呂から見える景色も相変わらずすごかったよ。やっぱり秋月旅館は、冬に来るのが一番いいね」

「ふふ、そうですね。私も冬が一番好きです」

私たちは冬の長期休みを利用して、秋月旅館へ来ていた。

布団では私たちの愛娘の杏が、気持ちよさそうにスヤスヤ寝息を立てている。初めてこんなにたくさんの雪を見たものだから、はしゃいでいつもより早く眠った。

普段なら何度か起きてぐずるけど、今日はぐっすりのようだ。

「じゃあ、乾杯」

「乾杯」

私たちは窓辺に置いてあるソファに腰をかけ、深々と降り積もる雪を眺めながら、北海道産の山葡萄のジュースで乾杯した。

なぜジュースなのかというと、私のお腹には新しい命が宿っているからだ。

「伊織、本当にジュースでいいんですか？　せっかくの旅行ですし、私のことは気にしないでお酒にしたらどうですか？　うちには色々地酒も揃えてありますし」

「いや、この子が生まれてからにするよ」

伊織はにっこり微笑み、私のお腹を優しく撫でてくれる。彼は杏がお腹にいる時も、私に付き合って禁酒してくれた。

優しいなぁ……。

日下部家のおかげで、秋月旅館は以前のように……ううん、なんと以前よりも繁盛していた。

伊織の計らいで日下部食品に協力して貰って作ったお土産菓子が大ヒットして、入荷しても店頭に並べて一時間ほどで完売している状態だ。

お父さんとお母さんは、想定していたよりうんと早く借金を返済できそうだと喜んでいる。

そして私は当選した五億円を使って、旅館の敷地内に温泉付きのコテージを数棟建てることにした。

宿泊料金は旅館に泊まるよりも少し高めに設定することになるけど、一棟を貸し切りにできるので、お子さんが騒いでも気にならないし、旅館よりもプライベートスペースを確保できるので、前々からいいなぁと思っていたのだ。

ここで売り上げを増やして、さらに早く借金を返したいと思っている。

「山葡萄のジュースって、こんなに美味しいんだ」

「お口に合ってよかったです。炭酸水で割っても美味しいんですよ」

「へえ、今度飲んでみたいな」

「っくしゅん！」

急に鼻がむずがゆくなって、くしゃみをしてしまった。すると伊織はすぐに自分の着ていた羽織を脱いで、私の肩にかけてくれる。

「寒い？　部屋の温度を上げようか。窓からもう少し離れた方がいいかな」

「あ、違うんです。寒いんじゃなくて、鼻がムズムズしちゃっただけです」

「本当？　でも、やっぱり温度は上げた方がいいんじゃないかな。あ、温かい飲み物も持ってこようか」

伊織は、私の面倒を甲斐甲斐しくみてくれる。それが嬉しくて、口元が綻ぶ。

「いいえ、大丈夫ですよ。それよりも……」

私は立ち上がろうとしていた伊織の腕に手を回して、ギュッと抱きつく。

「こうして傍にいてくれる方が嬉しいです」

「……そっか」

柔らかく微笑んだ伊織は、私の肩を抱いて、空いている方の手でお腹を擦ってくれる。

「大分大きくなったね」

「まだまだ大きくなりますよ」

「そうだね。杏の時は、こんなに大きくなって大丈夫かな？　ってぐらい大きくなったよね」

「ふふ、大丈夫なんですよ。杏の時も、今も、伊織がたくさん支えてくれるから助かって
ます。いつもありがとうございます」

「当たり前のことなんだから、お礼なんていいんだよ。出産も俺が代わってあげられたら
いいのに。二度も痛い思いをさせることになってごめんね」

杏の出産の時が想像以上に痛かったから、今回も少し不安だったけど、その温かい言葉
で頑張れる気になる。

「謝らないでください。それよりも、『ありがとう』って言ってくれた方がずっと嬉しい
ですよ？」

私はお腹を撫でる伊織の手に、自分の手をそっと重ねた。

「そうだね。ありがとう、菫」

伊織は私の手を優しく握り返すと、唇にチュッとキスしてくれた。

ここで働いていた頃の私が、今の私を見たらどんなに驚くことだろう。

私たちは杏の寝息を聞きながら、最近あったことや、次の休みはどんな楽しいことをしようかと他愛のない会話を楽しむという幸せな時間を送ったのだった。

エピローグ　日下部家の朝

「最悪……なんで自分で切っちゃったんだろう。美容室行けばよかった。学校行きたくない～……」

私の名前は、日下部杏、十四歳で中学二年生。

昨日の夜、ちょっと伸びた前髪が気になって自分で切ったら、見事に失敗して洗面所から出られないでいる。

「杏、おはよう」

「あ……パパ～……ねえ、どうしよう。あたしの前髪、大変なことになっちゃったの！ほら、見て！」

こちらはあたしのパパで、日下部伊織。

日下部食品の社長で、自分の親なのに言うなって突っ込まれるかもだけど、そんじょそこらの俳優よりイケメンだ。

私もパパに似てるってよく言われるから嬉しい。実は街を歩いていたら、何度か芸能事務所にスカウトされたこともある。

なーんて、友達には自慢だろって言われちゃうから内緒だけどね。嬉しかったからその時貰った名刺は、机の引き出しの中に大事に取ってある。

「大変なこと？　ああ、切ったんだ。可愛いね」

「可愛くなんてないよっ！　変なの！　だって眉上だよ？　あたし、前髪は眉下じゃないと似合わないんだもん」

「そんなことないよ。杏はママに似て美人だからな。どんな前髪だって似合うよ」

他の人やママからは、杏はパパ似だって言われるけど、パパだけはあたしのことをママ似だって言う。

まあ、ママも美人だから、どっちに似たっていいんだけどねっ！

「今日、学校行きたくない……」

「今日休んでも、明日前髪は伸びてないよ。ちゃんと可愛いから、頑張って行っておいで」

「…………パパが送って行ってくれるなら行く」

「仕方ないな。パパは今日早く出社しないといけないから、早めに出るけど、それでもいいなら送って行ってあげるよ」

「やったぁ！　パパ大好きっ！」

ギュッと抱きついたら、パパが頭を撫でてくれる。

「パパも杏が大好きだよ」

友達はみんな自分のパパがウザいとか、キモいなんて言ってるけど、あたしはパパが大好き！

ヘアピンで前髪を斜めに留めてなんとか誤魔化すことに成功した。リビングへ行くと、ママが料理を並べてくれていた。

「伊織、杏、おはよう。ご飯できてるよ」

私のママの日下部菫、北海道にある秋月旅館の一人娘で、小さい頃からずっとパパが好きだったんだって。

パパもママが初恋らしくて、初恋同士で結婚できるなんてロマンチック！

美人で、可愛くて、料理上手で優しい自慢のママだ。

「菫、おはよう」

パパは自然な仕草でママを抱き寄せ、唇にキスをする。

昔から見てきてるからなんとも思わない光景なんだけど、友達が泊まりに来た時に見て驚いていた。

みんなのパパとママはこういうことをしないって聞いて、ビックリした。だってうちではこれが普通だから。

「ママ、おはよう！　あっ！　あたしのだけフワフワパンケーキだ！　フルーツいっぱい！　生クリームもっ！　ママ、朝から作ってくれたのっ!?」

「小テストで満点取れたら作ってあげるって約束だったでしょ？　よく頑張ったね」

「嬉しい！　ママ、ありがとうっ！」

「どういたしまして」

ママに抱きつくと抱き返してくれて、パパと同じく頭を撫でてくれる。

いい匂い……ママの匂いって、昔から大好き。

友達は小学校高学年ぐらいから、両親に隠し事をすることが増えたって言ってたけど、あたしはなんでも話しちゃう。

「お姉ちゃん、生クリームを乗せたパンケーキなんて食べちゃっていいの？　また太ったって騒ぐのが目に見えてるよ」

そしてこの憎まれ口を叩いているのが弟の日下部陽太（ようた）、十歳だ。陽太もどっちかって言うとパパ似で、学校でかなりモテているらしい。（※友達談）

文武両道成績優秀で、パパ方のおじいちゃんは、さすが日下部家の長男だって絶賛している。

「食べた分運動するんだからいいのっ！」

「ふーん？　後が楽しみだね」

「ふふっ！　羨ましいでしょ？」

「僕、甘いのは苦手なんだ。てか、前髪どうしたの？」

「前髪のことは言わないでっ！」

小さい頃は「お姉ちゃん！」っていつでもどこでも後ろからヒヨコみたいに付いてきて、すっごく可愛かったのに、最近は憎まれ口ばっかり叩くから腹が立つ～！　まあ、それでも大切な家族には変わりはないけどさ！

ということで、家は四人家族！

この家に生まれてくることができて、本当に幸せ。

あたしも将来はパパみたいなイケメンと結婚して、パパとママみたいにいつまでもラブラブでいたいなぁ……。

パンケーキをしっかり食べた後、私は陽太と一緒にパパの車に乗った。

「ねえ、なんで陽太まで一緒なの?」

「別に僕が乗っちゃいけない理由なんてないでしょ」

陽太はスマホを弄りながらニヤリと可愛くない笑みを浮かべる。

もう、一丁前に彼女なんているらしい。きっと今も彼女とメッセージを送り合ってるんだろうな。

なんか生意気! あたしだってまだ一回も彼氏ができたことないのにさ!

「家族一緒の方が楽しいだろう? ママも一緒だったらよかったのに」

「あはっ! もう、パパったら~! ママのこと大好きすぎ」

「休日じゃないんだから」

「ふふ、そうだね」

助手席はママの特等席だから、いなくても座らない。あたしたち二人は後部座席に並んで座っている。

前までは運転手さんを雇っていたんだけど、あたしたちが生まれてからは自分で運転するようになったんだって。

運転手さんがいた方が楽なんじゃないの? って聞いたら、家族だけの時間を大切にしたいからそうしたって言ってた。

家族思いのパパらしい。そういうところもだーいすき！

「二人に聞きたいことがあるんだけど……」

「ん？」

「なぁに？　パパ」

「………杏と陽太は、パパの子供に生まれてきて、辛いなとか嫌だなぁとか思ったことないかな？」

突拍子もない質問に、あたしと陽太は目を丸くした。

「あははっ！　なんで？　そんなこと一回も思ったことないよ。ね、陽太」

「うん、てか、思ってたとしたら言うし」

「陽太はそうだよね。デリカシーないから、そういうこともハッキリキッパリ言っちゃうんだよね～？」

「正直な性格と言ってよ。デリカシーがないのはお姉ちゃんの方でしょ」

「あるもん！　学校じゃ『杏ちゃんは気遣いができて優しいね』ってよく言われるし」

あたしと陽太がぎゃあぎゃあ言い合っていると、パパが心底ホッとしているのがバックミラーに映った。

「……………そうか」

そういえば、すっごくちっちゃい時に同じことを聞かれた気がする。

「あたし、パパとママの子供に生まれてくることができて幸せだよ！　ね、陽太」

「は？　こっちに振ってこないでよ。……てか、そういうのって、いちいち言葉にしなくても伝わると思うけど？」

はい、照れてますー！　耳が赤いから、すぐわかりますー！

あたしたちの言葉を聞いて、パパは嬉しそうに笑う。

「そっか、よかった。パパも杏と陽太が生まれてきてくれて、本当に…………本当に幸せだよ。二人ともありがとう」

急にどうしたんだろう。変なパパ！　でも、まあ、いいか。

「あ、桜だ。綺麗だね」

「本当だ。週末はみんなでお花見しようか」

「やったぁ！　ママの手料理持って、いつもの公園に行こっ！」

「まあ、僕は別にいいけど。週末は予定入ってないし」

「じゃあ、決まりだね」

「楽しみ！　早く週末にならないかなぁ」

車の窓越しに満開の桜の写真を撮って、ママに「パパが週末お花見に行こうだって」と画像付きでメッセージを送った。

今週末は、きっと……ううん、絶対楽しい思い出ができるね。

あとがき

こんにちは、七福さゆりです。このたびは『絶対嫌われたい結婚生活　もうこれ以上、甘やかさないでください旦那さま！』をお買い上げいただき、ありがとうございました。

本作では宝くじが題材になっておりますが、皆さんは宝くじ、買ってますか!?

私は宝くじが大好きでして！　サマージャンボと年末ジャンボは、必ず購入しております。ちなみに当たった最高金額は一万円です！

宝くじは、外れてもいいんです！「当たったらどうしよう！　何買おう」と考えるのが楽しいんですよね～！

購入日から当選発表日まで、夢を見て楽しく過ごすのが大好きです！　夢が広がります～！

皆さんは当たったら何を買いたいですか？　私は欲しい物がたくさんありすぎて書ききれません！　物欲にまみれています。

本作のイラストをご担当くださったのは、カトーナオ先生です！　カトー先生、素敵なイラストをありがとうございました！

実はこの作品に取り掛かったのは、かなり前の話でして……。

２０２１年の十月頃だったと思うのですが（白目）それから私は愛犬が病気になって軽めの介護をしたり、心配しすぎて精神的にやられて、何も思い浮かばなくて書けなくなってしまったりと、担当様には大変ご迷惑をおかけすることになってしまいました。

担当様が温かく見守ってくださっていたおかげで、介護の要領も掴み、立ち直ることもでき、なんとかこうして書き上げることができました！　本当にありがとうございます！

立ち直ることができてよかった〜〜！

ということで、闇落ちしていたこの約二年の間にとんでもない量の仕事が溜まってしまったのですが、少し前にやっと遅れているものを全て片付けることができて、私はまた新しいお話を考えることができるようになりました。

愛犬も軽めの介護や頻繁な通院は必要ですが、手術を乗り越えることもでき、元気に過ごすことができるようになりました！　嬉しいです！　……とあっという間に埋まってしまいました。それでは、またどこかでお会いできましたら嬉しいです！　七福さゆりでした！

絶対嫌われたい結婚生活 もうこれ以上、甘やかさないでください旦那さま！

オパール文庫をお買い上げいただき、ありがとうございます。
この作品を読んでのご意見・ご感想をお待ちしております。

ファンレターの宛先
〒102-0072　東京都千代田区飯田橋3-3-1
プランタン出版　オパール文庫編集部気付
七福さゆり先生係／カトーナオ先生係

オパール文庫 Webサイト
https://opal.l-ecrin.jp/

著　者——**七福さゆり**(しちふく さゆり)
挿　絵——**カトーナオ**
発　行——**プランタン出版**
発　売——**フランス書院**
〒102-0072　東京都千代田区飯田橋3-3-1
電話(営業)03-5226-5744
　　(編集)03-5226-5742
印　刷——誠宏印刷
製　本——若林製本工場

ISBN978-4-8296-5528-3 C0193

甘い恋人
あまいこいびと
Sweet lover
Sayuri Shichifuku
七福さゆり
北の国で優しい社長に拾われました。
敷城こなつ
Illustration
トロける恋旅
オパール文庫＋PLUS
シンデレラ女子の逆転ラブ!
北海道で一人暮らしをしている梨乃。
偶然出会った製菓会社の社長・大和が居候させてくれて!?
北の国で、トロける極甘同居生活!

Op8420